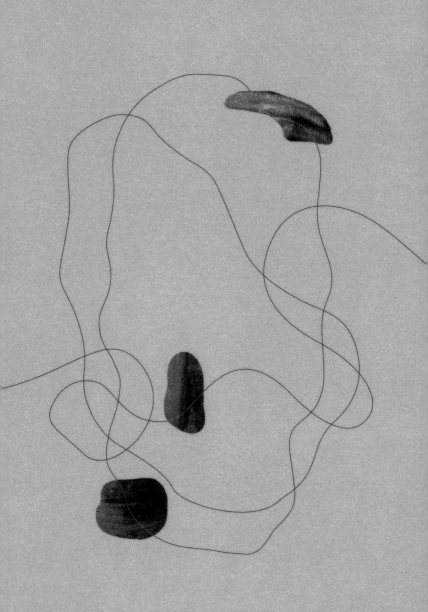

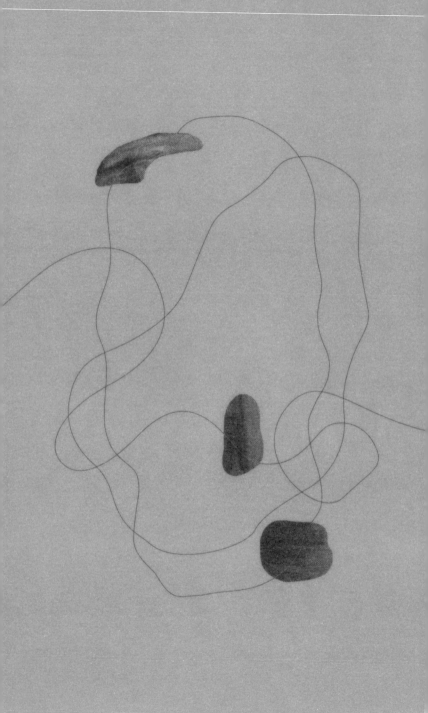

사랑

마르그리트 뒤라스 지음
장승리 옮김

ㄴㄴ〉〈ㄷㄴ

L'Amour

마르그리트 뒤라스

Marguerite Duras

『타키니아의 작은 말들』『모데라토 칸타빌레』 등의 작품으로 이미 대중적인 성공을 거뒀던 뒤라스의 글쓰기는 1960년대 후반에 들어서 더욱 심화되기 시작한다. 뒤라스의 글은 전통적인 소설의 논리에서 벗어나 충동과 공허로 이루어진 미지의 영역으로 한층 깊숙이 빠져든다. 변화에 당황한 독자들의 반응, 비평가들의 몰이해에도 불구하고 뒤라스는 자신의 글쓰기가 결정적인 전환점을 지났다는 것을 인식했다.

『사랑』은 이 변화의 중심에 있는 소설로 뒤라스가 본격적으로 영화 작업에 매진하기 직전에 쓰였다. 소설적 글쓰기의 가장자리에서 탄생한 듯한 이 작품은 바다를 배회하는 익명의 인물들을 아득한 시선으로 담아낸다. 인물들은 스스로를, 상대방을, 그리고 방금 경험한 일들을 끊임없이 망각하는 동시에 그 망각 속에서도 결코 잊히지 않는 기억을 스스로 되감기는 파도처럼 되풀이한다. 뒤라스는 『롤 베 스타인의 환희』『사랑』〈갠지스강의 여인〉과 더불어 글쓰기를 시작했다는 느낌이 든다고 고백한 바 있다.

사랑

L'amour

*

한 남자.

그는 서서, 해변과 바다를 바라보고 있다.

간조의 바다가, 고요하다, 계절은 모르겠고, 시간은 더디게 흐른다.

남자는 모래사장에 놓인 판자 길 위에 있다.

그는 어두운 색깔의 옷을 입고 있다. 얼굴이 또렷하고, 눈이 맑다.

그는 움직이지 않은 채, 보고 있다.

해변에는, 물웅덩이들이, 고립된 잔잔한 물의 표면들이 있다.

보고 있는 남자와 바다 사이, 바닷가 멀리, 누군가 걷고 있다. 또다른 어떤 남자다. 그도 어두운 옷을 입고 있다. 그 정도 거리에서 그의 얼굴은 불분명하게 보인다. 그는 걷는다, 가다, 오다, 가다, 되돌아온다. 코스가 꽤 길고, 늘 같다.

보고 있는 남자의 오른쪽, 해변의 어떤 곳 위로, 빛의 움직임이 있다. 비어 있는 웅덩이가 하나 있다, 샘이, 강이, 강들이, 쉼 없이, 소금 구렁을 만들어낸다.

왼쪽으로는, 눈을 감은 한 여자가 앉아 있다.

걷고 있는 남자는 보지 않는다, 아무것도, 자신 앞에 펼쳐진 모래 외에는 다른 그 무엇도.

그의 걸음은 계속되고, 한결같고, 아득하다.

눈을 감은 여자로 삼각 구도가 완성된다. 해변 끝 쪽, 도시와 경계를 이루는 담에 기대어 그녀가 앉아 있다.

보고 있는 남자는 이 여자와 바닷가를 걷고 있는 남자 사이에 있다.

계속, 변함없이 느리게 걷는 남자로 인해, 삼각 구도가 어그러지다, 제자리를 찾는다, 절대 깨지지 않는다.

이 남자는 죄수처럼 일정한 보폭으로 걷는다.

*

해가 저문다.

바다가, 하늘이, 공간을 차지한다. 멀리, 바다는 어둑해진 빛에 의해 이미 녹이 슬었다, 하늘도 그렇다.

셋, 그들은 셋이다, 어두워지는 빛, 그 더딤의 그물 속에서.

*

남자는 계속 걷는다, 바다와 하늘 앞을 오간다, 그런데 바라보던 남자가 움직였다.

그를 위시한 삼각 구도의 주기적인 변동이 끝난다.

그가 움직인다.

걷기 시작한다.

가까이서, 걷는다.

바라보던 남자가 눈을 감은 여자와 멀리 다른 사람, 죄수처럼 오가는 남자 사이를 지나간다. 바다를 따라 뻗어 있는 판자 길 위를 걷고 있는 그의 발소리가 들려온다. 이 소리는 불규칙적이고, 불분명하다.

삼각 구도가 흐트러지다, 사라진다. 막 그렇게 됐다. 실제로, 남자가 지나가는 것이, 보이고, 들린다.

들린다. 발소리가 뜸해진다. 남자가, 길 위에서 눈을 감고 있는 여자를 보고 있는 듯하다.

그렇다. 발소리가 그친다. 그는 그녀를 바라보고 있다.

바다를 따라 걷고 있는 남자, 그만은, 원래 자신의 움직임을 유지한다. 그는 죄수처럼 한없는 발걸음으로 계속 걷고 있다.

여자는 응시되고 있다.

그녀는 다리를 쭉 뻗고선, 담에 붙박인 채, 희미한 빛 속에 있다. 감긴 두 눈.

노출된 것을 인지하지 못한 채. 응시되는 것을 알지 못한 채.

그녀는 바다를 마주하고 있다. 새하얀 얼굴. 모래에 반쯤 파묻힌 채, 시체처럼 움직이지 않는 두 손. 멈춰진 후, 부재 쪽으로

옮겨진 힘. 도주의 움직임 속에서 멈춰진. 그 사실을 모르는,

자신을 모르는 사람.

발걸음이 다시 시작된다.

불규칙적으로, 불분명하게, 다시 시작된다.

또다시 멈춘다.

또다시 시작된다.

바라보던 남자가 지나갔다. 그의 발소리가 점점 희미해진다. 해변에서 걷고 있는 남자만큼 그녀에게서 떨어진 둑 쪽으로 가고 있는, 그가 보인다. 둑 너머엔 다른 도시가 있다, 저 너머엔, 도달할 수 없는, 다른 도시가, 푸르른, 전등 불빛으로 반짝거리기 시작한 다른 도시가. 더 멀리에는 다른 도시들이, 또다른 도시들이. 하나의 도시.

그가 둑에 다다른다. 그는 둑을 지나치지 않는다.

멈춰 선다. 그러고는, 이제, 그가 앉는다.

그는 바다를 마주한 채 모래 위에 앉아 있다. 해변, 바다, 걷고 있는 남자, 눈을 감은 여자, 그게 무엇이든 그는 더이상 바라보지 않는다.

잠시 바라보는 사람도, 보이는 사람도 없다.

바다를 따라 계속 걷고 있는 미친 죄수, 눈을 감은 여자, 앉아 있는 남자 그 누구도.

잠시 듣는 사람도, 귀 기울이는 사람도 없다.

그리고 어떤 비명소리가 들린다.

그를 사로잡은, 그를 흥분시키고, 하늘 쪽으로 그의 얼굴을 치올리는 충동 때문에, 이번엔 바라보던 남자가 눈을 감는다, 그의 얼굴이 일그러진다, 그가 소리를 지른다.

*

어떤 비명소리. 둑 쪽에서 들려온.

그 소리가, 채워져 있거나 비워진, 공간 전체로 울려퍼졌다. 희미한 빛을, 더딤을 찢었다. 걷고 있는 남자의 발소리가 계속 울린다, 그는 멈춰 서지 않는다, 속도를 늦추지 않는다,

그런데 그녀, 그녀는 아이 같은 몸짓으로 팔을 약간 들어올려, 두 눈을 가렸다, 그렇게 몇 초간을 있었다,

그리고 그에게, 죄수에게, 그 몸짓이, 그녀가 보였다. 그가 여자 쪽으로 고개를 돌렸다.

팔은 다시 내려졌다.

이야기. 이야기가 시작된다. 사실 이야기는 바닷가 도보, 비명소리, 몸짓, 파도, 빛의 움직임에 앞서 시작됐었다.

그런데 이제야 그 모습을 드러낸 것이다. 이야기가 이미 자리를 잡은 곳은, 모래와 바다 위다.

바라보던 남자가 돌아온다.

다시 그의 발소리가 들린다, 그가 보인다, 그는 둑 쪽에서 돌아오고 있다. 그의 발걸음은 느리다. 그는 정신 나간 듯한 시선을 하고 있다.

그가 판자 길로 다가올수록, 소음이, 울음소리가, 허기로 인한 울음소리가 커진다. 바다 갈매기들이다. 갈매기들이 저기에 있다, 저기에 있었다, 걷는 남자를 에워싼 채로.

바라보던 남자의 발소리가 다시 들린다.

그가 여자 앞으로 온다. 그녀의 존재 영역 안으로 들어선다. 멈춘다. 그녀를 바라본다.

우리는 이 남자를 여행자라고 부를 텐데 — 혹시 부가 설명이 필요하다면 — 그건 그의 느린 발걸음과, 정처 없는 시선 때문이다.

*

그녀가 눈을 뜬다. 그를 본다, 그녀가 그를 바라본다.

그가 그녀에게 다가간다. 그녀 곁에 멈춰 선다.

그가 묻는다.

　　— 여기서 뭘 하시는 겁니까, 곧 밤이 될 텐데요.

그녀는 아주 분명하게, 대답한다.

　　— 둘러보는 중이에요.

그녀가 앞쪽의, 바다, 해변, 푸르른 도시, 해변 뒤 백색의 수도 (首都), 그 모든 것을 가리킨다.

그가 돌아본다. 바다를 따라 걷는 남자가 사라졌다.

다시 한 걸음을 떼어, 그가 담에 기댄다.

그는 여기, 그녀 곁에 있다.

조도가 변한다, 빛이 달라진다.

빛이 창백해진다, 빛이 바뀌고, 또 바뀐다. 그가 말한다.

　　— 빛이 달라지고 있습니다.

그녀가 그를 향해 살짝, 몸을 돌리며, 말한다. 들릴 듯 말 듯, 말한다. 그녀의 목소리는 맑고, 오싹해질 정도로 한결같이 부드럽다.

　— 누군가의 비명소리를 들으셨지요.

대답을 요하지 않는 어조다. 그는 대답한다.

　— 들었습니다.

그녀는 바다 쪽으로 시선을 돌린다.

　— 오늘 아침에 도착하셨나요.

　— 그렇습니다.

그녀는 또박또박 말한다. 그녀가 주변 공간을 가리키며, 설명한다.

　— 여기, 강까지가 에스탈라예요.

그녀가 입을 다문다.

빛이 다시 변한다.

여행자는 고개를 들어, 그녀가 막 가리킨 곳을 바라본다. 에스탈라 안쪽에서, 남쪽에서, 걷는 남자가, 돌아오는 게 보인다, 그는 갈매기 무리를 뚫고, 가까이 오고 있다.

그의 발걸음은 한결같다.

빛의 변화처럼.

사건.

다시 빛. 빛이다. 빛이 달라진다, 그러다 갑자기 더는 변하지 않는다. 빛이 퍼진다, 환하게 비추며, 그렇게 머문다, 고르게, 밝혀주며. 여행자가 말한다.

　　— 빛.

그녀가 바라본다.

걷고 있는 남자는 좀 전에 여행자가 멈춰 섰던 곳에 이르렀다. 그가 걸음을 멈춘다. 돌아선다, 본다, 그도 바라본다, 기다린다, 여전히 바라본다, 다시 출발한다, 온다.

그가 온다.

그의 발소리가 전혀 들리지 않는다.

그가 도착한다. 담에 기대어 있는, 여행자를 마주하고 멈춰 선다. 그의 눈은 파랗다, 놀랍도록 투명하다. 시선은 완전히 부재한다. 주위의, 모든 것을 가리키며, 그가 큰 소리로 말한다.

　　— 무슨 일이 벌어진 거죠?

그가 덧붙인다.

　　— 빛이 자취를 감춰버렸군요.

어조에서 어떤 격렬한 희망이 드러난다.

감춰진 채로, 밝혀주는 빛.

그들은 그들을 에워싸고 있는 그 빛을 바라본다. 여행자가 먼저 입을 뗀다.

　　— 다시 나타날 겁니다.

　　— 그렇게 생각하십니까.

　　— 그렇습니다.

그녀는 잠자코 있다.

그는 담에 기대어 있는 여행자에게 다가간다. 파란 눈동자가 삼킬 듯 여행자를 주시한다. 그는 손으로, 담 뒤를 가리킨다.

　　— 저 호텔에, 머물고 계십니까?

　　— 네, 그렇습니다. (그가 덧붙인다) 오늘 아침에 도착했습
　　　니다.

그녀는 말없이, 감춰진 빛을 계속 바라본다. 그는 여행자에게서 시선을 거두고는, 빛이 자취를 감춘 걸 재차 발견한다.

　　— 뭔가 벌어질 겁니다, 말도 안 되게.

정적. 빛과 함께 소리도 자취를 감췄다, 파도 소리도.

파란 눈동자의 시선이 다시, 집요하게 여행자 위에 머무른다.

　　— 에스탈라가 처음은 아니시죠.

여행자는 대답하려 애쓴다, 대답하기 위해 여러 번 입을 뗀다.

— 실은…… (그가 말을 멈춘다)

그의 목소리에는 울림이 없다. 대기도 빛처럼 요지부동이다.

그는 여전히 대답하려고 애쓴다.

그들은 대답을 기다리지 않는다.

대답을 하지 못한 채, 여행자가 손을 들어 주변 공간을 가리킨다. 이 행동이 효력을 발휘한다, 그는 대답을 하기에 이른다.

— 실은…… (그가 멈춘다) 나는 기억합니다……

그렇습니다…… 나는 기억하고 있습니다……

그가 말을 멈춘다.

화사한 음색의 목소리가 올라와, 그를 대답으로 이끈다, 목소리에 생기가 넘친다.

— 뭘 말이냐고요?

어떤 유기적이고 통제할 수 없는, 막대한 힘이 그에게서 목소리를 앗아간다. 그는 목소리 없이 대답한다.

— 모든 것을요, 전부 다요.

그는 대답했다.

빛이 다시 모습을 드러낸다, 파도 소리가 다시 들린다, 파란 눈동자의 시선이 물러간다.

걷는 남자가 주위의 모든 것을 가리킨다, 바다, 해변, 푸르른 도시, 백색의 수도를. 그가 말한다.

— 여기, 강까지가 에스탈라입니다.

그가 움직임을 멈춘다. 그러고는 다시 움직인다, 다시 가리킨다, 하지만 바다, 해변, 푸르른 도시, 백색의 수도, 그 모든 것을, 보다 정확하게, 가리키는 것 같다, 이윽고 다른 도시들도, 또다른 도시들도, 하나의 도시. 그가 덧붙인다.

— 강 너머도 에스탈라입니다.

그는 떠난다.

그녀도 일어나, 그의 뒤를 따른다. 휘청거리며, 아주 느리게 첫 몇 걸음을 뗀다. 그러다 제대로 걷는다.

그녀가 걷는다. 그를 쫓아간다.

그들이 멀어진다.

그들은 에스탈라를 에돈다, 그 두께를 뚫고 들어가지는 못하는 것 같다.

밤이다.

밤.

해변은, 바다는 어둠 속에 있다.

개 한 마리가 지나간다, 개는 둑 쪽으로 간다.

판자 길 위로 다니는 사람은 없지만 그 길을 따라 늘어선 벤치에는 주민들이 앉아 있다. 그들은 쉬고 있다. 그들은 말없이 서로 떨어져 있다. 그들은 이야기를 나누지 않는다.

여행자가 지나간다. 그는 천천히, 개가 간 방향으로 걸어간다.

그가 멈춰 선다. 돌아온다. 그는 산책을 하는 것 같다. 그가 다시 떠난다.

더이상 그의 얼굴이 보이지 않는다.

바다는 잔잔하다. 바람이 불지 않는다.

여행자가 다시 지나간다. 개는 결코 그러지 못한다. 바다가 일렁일 조짐을 보인다. 파도치는 소리가 들린다. 희미하게 파도 부서지는 소리가 어귀에서 들려온다. 하늘은 칠흑 같다.

*

여전히 밤.

여행자는 방에서 열린 창문을 마주하고 앉아 있다. 그는 전기 불빛 속에 있다. 호텔 창 너머가 보이지 않는다.

밖은 어둡다.

지금 들리는 것은 파도 소리가 아니다. 방은 바다를 향해 있지 않다. 그건 끝도 없이 펼쳐진 곳에서, 암암리에 계속되는 침식 소리다.

남자가 종이 한 장을 집어, 거기에 쓴다. 에스탈라 에스탈라 에스탈라.

멈춘다. 쓰인 단어들을 두고, 그는 주저하는 것 같다.

그는 다시 시작한다. 느리게, 확신을 가지고, 그가 쓴다. 에스탈라, 9월 14일.

그는 제일 먼저 쓴 단어에 밑줄을 긋는다. 그러고는 또 쓴다. 《소용 없는 일이니 이제 더는 오지 마오.》

그가 편지를 자신에게서 멀찍이 두고는, 일어선다.

방안에서 몇 걸음을 뗀다.

침대에 눕는다.

호텔에 있는 남자, 그는 여행자다.

그가 동일한 밝기의 전기 불빛 아래서 침대에 누워, 벽 쪽으로 몸을 돌린다, 더이상 그의 얼굴이 보이지 않는다.

멀리, 경찰차들의 사이렌 소리가 침식이 한창 진행중인, 검은 공간을 가로지른다.

이윽고 그곳의 침식 소리 외에 그 어떤 소리도 들리지 않는다.

*

낮.

남자가 다시 바닷가를 걷는다.

그녀는 다시, 담에 기대어 있다.

빛이 강렬하다. 그녀는 미동조차 없다. 입술을 다물고 있다.
창백하다.

해변에 어떤 활기가 떠돈다.

여행자가 다가오는데도, 그녀는 기척이 없다.

그는 담 쪽으로 가, 그녀 옆에 앉는다. 그는 그녀가 눈에 담길
피하려는 듯한 것을 바라본다. 바다, 구역질을 일으키는 파도의
움직임, 울어대며 모래 위 사체를, 피를 먹어치우는 바다 갈매
기들을. 그녀가 천천히 말한다.

— 임신중이에요, 토할 것 같네요.

— 그만 보고, 내 쪽으로 시선을 돌려봐요.

그녀는 그를 향해 고개를 돌린다.

저쪽에, 남자가 갈매기들 복판에서 멈춘다. 그러곤 다시 자리
를 떠나, 둑 쪽으로 간다. 그녀가 묻는다.

— 여기 머문 지 오래되셨나요?

— 네.

그녀는 얼굴을 모래 쪽으로, 돌린다. 그는 둑 쪽으로 멀어지고 있는 남자를 바라본다.

— 누구지요?

그녀는 약간 늦게 대답한다.

— 그는 우리를 지키는 사람이에요. (그녀가 대답한다) 그는 우리를 돌보면서, 원래대로 되돌려놔요.

그는 남자를 오랫동안 바라본다.

— 코스가 계속 같네요…… 보폭은 아주 일정하고…… 마치……

그녀가 부정의 제스처를 취한다.

— 아니에요, 여기서만 저렇게 걸어요. (그녀가 이어 말한다) 이곳, 에스탈라에서만요.

그들은 기다린다.

계속되는 바다의 일렁임, 그리고 열기.

— 좀 게워냈습니까?

— 소용없어요, 또 시작이에요.

여전히, 기다린다.

빛이 약해지기 시작한다.

아까 그 갈매기들이 해변을 떠나, 둑 쪽으로 향한다.

걷는 남자는 포기하지 않는다. 그는 에스탈라 쪽으로 다시 올라간다, 그곳을 뚫고 들어가지는 못한다, 그는 둑 뒤로 되돌아간다. 더는 그가 보이지 않는다.

여행자가 말한다.

　— 우리만 있는 겁니까?

여자가 제스처를 취한다.

　— 아니요.

기다린다.

갈매기들이 하얗게 분출하듯 흩어지며 계속해서 떠난다.

갈매기들이 떠난다.

급작스럽게 날아가버린다.

여행자가 말한다.

　— 이제 다시 볼 수 있을 겁니다.

그녀는 그렇게 해본다, 신중히, 조심스럽게. 바다의 움직임이 보이기 시작한다, 파도가 밀려와 산산이 부서진다, 하얗게. 그가 말한다.

　— 색이 사라지고 있습니다.

색이 사라진다.

그다음으로는, 움직임이.

마지막까지 남아 있던 바다 갈매기들이 떠났다. 다시, 해변에는 모래뿐이다. 그가 말한다.

　— 더는 아무것도 없습니다.

그에게 그녀가 감지된다, 그녀는 안도의 숨을 내쉰다, 움직인다, 응시한다, 도래하는 어둠을, 모래사장을 오랫동안 면밀히 살핀다. 그러다 다시, 그녀는 움직이지 않는다.

그녀는 듣는다, 귀기울인다, 그녀가 말한다.

　— 소리가 들려요.

그는 귀기울인다. 그에게도 마침내 뭔가가 들린다. 물이 흐르고 있다고, 소금 구렁 쪽으로 물이 계속 흘러가고 있다고 그는 생각한다. 그가 말한다.

　— 물소리네요.

　— 아니에요. (그녀가 말을 멈춘다.) 에스탈라에서 들려오는 걸요.

— 그럼 뭐죠?

— 에스탈라, 에스탈라의 소리예요.

그는 다시 오랫동안 귀기울인다. 침식이 계속되고 있다는 걸 알게 된다. 그가 묻는다.

— 먹어치우는 중일까요.

그녀는 정확히 알지 못한다. 그녀가 말한다.

— 돌아오고 있는 건지도 모르지요. (그녀가 덧붙인다) 잠든 것이거나, 그도 아니라면 아무것도 아니거나.

그들은 침묵한다. 침묵하면서 에스탈라의 소리가 잦아들기를 기다린다.

소리가 잦아드는 듯하다. 그녀는 다시 안도의 숨을 내쉰다.

그녀가 움직인다.

그녀는 그를, 여행자를 응시한다, 그의 옷을, 얼굴을, 손을 살핀다. 그의 손을 만지며 조심히, 지그시 그를 스쳐지나간다, 그러고는 그를 불러, 둑을 가리키며, 말한다.

— 비명소리가 저기에서 들려왔어요.

그녀가 막 가리킨 방향에서, 그가 갑자기 나타난다.

그는 여전히 멀리 있다.

둑에서, 그가 돌아온다, 걷는 남자가. 저기 저렇게.

그의 뒤로, 밀물의 바다가 보인다, 전기 불빛 때문에 끝없이 펼쳐진 검은 공간이 환해진다. 그곳 위로, 시커먼, 석유 연기가 올라온다.

그가 오고 있다, 그는 그 어디에도 시선을 두지 않은 채, 바다를 따라 걷는다. 그녀가 그를 가리킨다.

— 그가 돌아와요.

여행자가 바라본다.

— 어디에서 오는 겁니까?

걷고 있는 남자가 막 지나온 쪽을 살피며, 그녀가 분명하게, 말한다.

— 어쩌다 그는 에스탈라를 지나쳐버리기도 하지만 알고 있으니 괜찮아요. (그녀가 덧붙인다) 기다리면 돼요.

저쪽에서 그가 계속해서 오고 있다, 그는 해변을 거슬러오르더니, 비스듬히 그들 쪽으로 방향을 튼다. 여행자가 말한다.

— 에스탈라를 통과할 수는 없어요, 그곳에는 들어가지 못합니다.

— 아니에요, 하지만 그는 (그녀가 기다린다) 그는 이따금씩,

길을 잃어요.

그가 온다. 그들은 그를 기다린다.

그가 도착한다. 그는 여기에 있다. 그는 그들을 바라본다. 앉는다, 침묵한다, 그의 파란 눈동자는 자신을 둘러싼 공간을 면밀히 살핀다, 이윽고 그가 말한다, 그들에게 아주 분명하게 알린다.

— 잘못 알고 있었습니다. (그가 말을 잇는다) 비명소리는 더 멀리서 들려왔던 거였습니다.

그들은 기다린다. 그는 아무 말도 덧붙이지 않는다.

— 어디에서요?

— 도처에서요. (그가 말을 멈춘다) 수도 없이 들려왔습니다. 무수히 많은 비명소리가. (그가 다시 멈춘다) 모든 것이 황폐해지고 있습니다.

그의 눈에 그녀가 들어온다. 그가 그녀를 가리킨다.

— 게워내보려고 했습니까?

여행자가 그에게 답한다.

— 소용없습니다, 다시 구역질이 올라오니까요.

— 그렇지요.

그녀가 제일 먼저 일어난다. 일어선다.

서 있다가, 담에 기댄다.

시간이 흐른다, 이윽고 그들도 일어난다.

그들은 서 있다.

여행자가 그들 앞의 바다를 가리킨다, 바다를, 그러고는 뒤쪽의, 육중한 도시를.

> ─ 당신은 뭘 하는 거죠, 바닷가를 걷는 겁니까? 에스탈라
> 의 가장자리를?
> ─ 그렇습니다.
> ─ 그것만을?
> ─ 네.

파란 눈동자가 바다 쪽을 향하더니, 원래로 돌아온다. 변함없이, 눈빛이 맑다. 여행자가 말을 잇는다.

> ─ 그렇지만…… 당신은 아주 분명하고, 규칙적으로 움직
> 이고…… 코스도 확실하게 정해져 있는데……
> ─ 아니, 아니…… (그가 말을 멈춘다) 아닙니다…… (다시 멈춘
> 다) 나는 미치광이입니다.

그들은 서로를 바라본다, 응시한다, 기다린다. 바람이 불어와, 에스탈라 위로 지나간다. 파란 눈동자가 하늘을, 바다를, 모든

움직임을, 똑같이 주시한다.

부동 상태에서 벗어나 처음으로 자리를 뜬 사람은, 그다, 걷는 남자. 그의 발걸음은 걷는 순간부터 한결같다.

그녀가 그를 뒤따른다. 처음에는 비틀거리다가, 아주 천천히 걷는다. 그러다가 그와 같은 보폭으로 걷는다. 그녀는 그가 보여주는 대로 걷는다. 그를 쫓아가보지만, 더디다.

그래서, 그는 그녀가 그를 따라잡도록 멈춘다. 그녀가 그를 따라잡는다.

그러자, 그는 다시 앞으로 걷기 시작한다, 강 쪽으로. 그녀가 또 따라잡는다. 그는 계속 걷는다. 이렇게 그들은 매일 걸을 것이다, 공간을 메우듯, 에스탈라의 모래사장을.

그들이 사라진다, 그들은 강 쪽으로 돌아간다. 우회한다, 피한다, 돌의 두께를 뚫고 들어가지 못한다.

사흘.

일요일이 포함된 사흘. 소음이 커진다, 에스탈라가 휘청인다, 이윽고 소음이 잦아든다.

폭풍우가 몰아쳐 파도가 거세다.

사흘 밤.

아침에, 갈매기들이 해변에 죽어 있다. 둑 쪽에는 개 한 마리가. 죽은 개는 폭격당한 카지노 기둥들을 마주하고 있다. 위로, 하늘이 어두컴컴하다, 죽은 개 위로. 폭풍우가 지나간 후라, 바다가 거칠다.

담 쪽으로는 아무것도 없다. 바람이 세차게 분다.

죽은 개가, 죽은 갈매기들이 파도에 쓸려간다.

하늘이 고요해진다. 정유 공장에서 쉼없이 연기가 올라온다. 이윽고 바다가 잔잔해진다. 해가 난다.

*

　태양. 저녁.

　그녀가 다시 모습을 보인 것은 저녁이 되고서다. 그녀는 판자 길에 도착한다. 그녀 뒤에, 걷는 남자가 있다.

　그들이 돌아왔다. 그들은 강에서 오는 길이다, 그들은 가로지른다, 그들은 에스탈라를 따라 걸으며, 그곳을 지킨다. 그들은 암흑의 사흘에서 벗어난다, 황량한 에스탈라의 볕을 쬐고 있는 그들이 다시 보인다.

　여행자가 담 뒤쪽에 있는 호텔에서 나온다, 그는 그들을 보고, 그들 쪽으로 간다.

　여행자가 호텔에서 나오자마자 그녀 뒤에 있던, 그가 멈춘다. 그녀는, 앞으로 나아간다. 그녀는 여행자가 자기를 보러 오는 걸 여전히 모르고 있다. 그녀는 그녀 뒤에 멈춰 선 그의 의도대로 움직이며 앞으로 나아간다.

　그들은 서로의 앞에 서게 된다. 그녀가 여행자를 본다, 그를 잘 알아보지 못한다.

　그를 알아본다.

　그녀 뒤에 있는, 다른 이가 돌아선다, 그는 다시 떠난다. 그는 강 쪽으로 되돌아갔다.

38

그녀가 말한다.

　　— 아 오셨군요.

폭풍우가 그녀의 얼굴을 해쓱하게 했다.

그들은 우선 둑 쪽으로, 움직인다, 그러고는 강 쪽으로. 그들은 멈추었다가, 다시 움직인다, 그들은 판자 길을 비추는 강렬한 빛을 향해 간다, 켜켜이 쌓인 돌더미 앞, 바닷가, 모래사장 가장자리를 비추는 빛을 향해.

그들은 오랫동안 빛을 바라본다.

그러고는 들어간다.

그녀는 허기가 진다.

그녀는 먹는다, 본다, 듣는다. 쏟아져나오는 말, 말, 웃음이 보이고, 들린다. 그는 그녀와 함께 보고 있지만 다른 방식으로 본다, 이따금씩 그는 고개를 돌려 그녀를 응시한다. 그녀가 말한다.

　　— 배가 고프네요, 나는 아이를 가졌어요.

이 말을 할 때 그녀의 눈이 커졌다 곧장 흐릿해진다. 그녀가 되뇌인다.

　　— 아이를요.

　　— 지금도 말인가요?

— 네.

— 누구의 아입니까?

그녀는 모른다.

— 몰라요.

그녀에게서 모래와, 소금 냄새가 난다. 폭풍우 때문에 그녀의 눈 그늘이 짙어졌다.

카페의 소음이 커진다. 너무 커지자 그녀가 고통스럽게 눈을 뜬다. 그녀는 계속 정신이 딴 데 가 있다. 그녀가 묻는다.

— 에스탈라에 매일 오시네요.

— 네.

— 먼데요. (그녀가 덧붙인다) 먼 거리 아닌가요?

— 맞습니다.

그는 창밖을, 유폐된 곳 너머를 보려 한다.

그녀, 그녀는 이쪽, 유폐된 곳을 응시중이다.

창밖, 판자 길 너머, 해변 저쪽에, 누군가가 지나간다, 어떤 어렴풋한 형체가 고른 발걸음으로, 어둑한 둑을 향해 열심히 가고 있다. 여행자가 오랫동안 그 형체를 눈으로 좇는다, 검은 덩어리 뒤로 그것이 사라질 때까지. 그가 말한다.

— 그가 막 저쪽으로 지나갔습니다, 아무것도 보지 않고, 빨리 걷더군요.

그녀가 분명하게 말한다.

— 그는 찾고 있는 중이에요. (그녀가 덧붙인다) 그를 내버려 둬야 해요.

그녀는 곁에 있는 그를 본다. 그는 여행자, 호텔에 묵고 있는 남자다. 그녀는 손을 들어, 응시중인 남자의 얼굴에 댄다, 바라보고 있는 동안 손은 그대로다, 그녀는 무기력하다, 목소리가 어떠한 울림도 없이 터져나오는 동안, 그녀가 부드럽게 그의 살갗을 만진다.

— 에스탈라에는 왜 다시 오셨나요?

그들은 서로를 바라본다.

— 여행차 왔습니다. (그가 말을 멈춘다)

그들은 재차 서로를 바라본다, 이윽고 얼굴을 돌리고, 손을 떨군다.

그들은 여기에 머문다, 말없이.

오랫동안.

소음이 잦아든다.

사람들이 카페에서 빠져나간다.

그들은 귀를 기울이며, 앞쪽을 응시한다. 오랫동안.

소음이 더 잦아든다. 그녀는 소음이 잦아들수록 더 위협적으로 느껴지는 어떤 종말을 걱정하는 듯하다. 그녀가 말한다.

　　— 저들이 떠나가요.

　　— 누군데요?

그녀는 창 안쪽에서, 너머에서, 도처에서 이어지는 육체의 행렬을 가리킨다. 그녀가 절망 어린 애정을 담아 두 팔을 벌린다.

　　— 나의 에스탈라 사람들이에요.

이곳의, 소음이 그쳤다. 저쪽에서는, 멈출 줄 모르는 침식이, 이어진다. 심해진다.

변모한다.

하나의 노래가 된다. 멀리서 들려오는 노래가.

에스탈라 사람들이 노래를 부른다.

그녀는 주위를, 앞을 바라본다.

　　— 그들이 떠났어요. (그녀가 귀를 기울인다) 당신에게도 들
　　　리나요?

그들의 시선이 움직인다, 유리창을 통과한다, 그들은 에스탈

라 사람들이 노래하는 걸 듣는다. 멀리서 들려오는 노랫소리에
귀를 기울인다. 그녀가 손을 든다.

— 들리시나요? (그녀가 말을 멈춘다) 그 음악이에요.

그건 장중한 느낌의 느린 행진곡이다. 참혹한 축제, 생기 없는
무도회의, 느린 춤곡.

그녀는 움직이지 않는다. 그녀는 멀리서 들려오는 찬가에 귀
를 기울인다. 그녀가 말한다.

— 나는 자야 해요, 안 그러면 죽게 될 거예요.

그녀는 자기가 어디서 잠이 들지를 가리킨다.

— 강을 건너야 해요. (그녀가 말을 멈춘다)

그녀는 귀를 기울인다.

그는 두려움을 느낀다. 그녀는 움직이지 않는다, 더는 숨도
쉬지 않고, 그 음악에 귀를 기울인다. 그가 묻는다.

— 당신은 누구십니까?

음악이 계속 들려온다. 그녀가 답한다.

— 경찰이 번호를 하나 갖고 있어요.

음악이 계속 들려온다. 그녀가 그를 바라본다.

― 왜 울고 있나요?

― 내가요?

거친 바람소리가 들리는 가운데 문이 열린다.

걷는 남자.

그가 여기에 와 있다.

그가 혼자서, 폐쇄된 공간에 들어선다, 문이 다시 닫힌다. 바다의 요오드, 소금, 두 눈에서 번득이는 대낮의, 한밤중의 푸른 섬광도, 그와 함께, 갑작스레, 당도한다.

그는 몸을 곧추세우고, 멀리서 들려오는 춤곡에 귀를 기울인다, 그가 말한다.

― 기억합니까? 에스탈라의 음악을.

선 채로, 그가 귀를 기울인다. 그의 얼굴 위로 순결한 미소가 번진다. 그는 아주 엄숙한 마음으로 경청하고 있다, 멀리서 들려오는 음악을.

그녀가 여행자를 가리키며, 말한다.

― 그가 울고 있어요.

이젠 그의 파란 눈에도 눈물이 그렁하다. 미소는 그대로인 채로. 그가 이유를 알려준다.

— 에스탈라의 음악은 울게 만듭니다.

음악이 그친다.

그는 더 들으려고 하다, 포기한다.

침식이 계속된다, 정적.

여행자를 가리키며, 그녀가 말한다.

— 그는 두려워했어요.

— 뭘 말입니까?

— 당신을 다시 보지 못하게 되는 것을요.

— 실은……

어딘가에 붙박인 파란 눈동자에, 다시 어른거린다.

다시 어른거린다, 위험이, 파멸이.

— 실은 저곳에서 길을 잃었습니다, 더 가버리고 말았지요.
(그가 덧붙인다) 시간도 많이 지체됐었고요.

그가 어둑한 둑 뒤 황량한 쪽을 손짓으로 가리킨다. 그의 손
이 떨린다.

— 돌아올 수 있을지 알 수 없었습니다.

그는 더이상 아무것도 가리키지 않는다. 그는 잊는다, 그녀를
본다, 망각한다. 그가 여행자에게 말한다.

— 그녀가 당신에게 일러주던가요? 그녀는 자야 합니다.

그가 여행자에게 말한다.

— 강을 건너야 합니다, 그건 선착장 뒤에 있어요, 두 지류 사이에.

— 뭐가 말입니까?

— 에스탈라의 감옥, 에스탈라의 정부요.

그들은 일어선다. 나간다.

*

밤.

전기 불빛 아래서 여행자가 편지를 쓴다.

여행자는 편지를 멀찌감치 놔둔 채로, 그렇게 있다.

그의 앞쪽으로, 텅 빈 도로가, 도로 뒤로, 불 꺼진 별장들, 정원들이 펼쳐져 있다. 정원들 뒤로는, 닿을 수 없는, 파고들 수 없는, 에스탈라가 우뚝 서 있다.

그가 편지를 다시 집어든다. 쓴다.

《에스탈라, 9월 14일.》

《더는, 오지 마오, 아이들에게는 뭐라도 둘러대고.》

손을 멈춘다, 다시 쓰기 시작한다.

《설명하기 어려우면, 애들 마음대로 생각하게 놔두구려.》

펜을 놓았다가, 다시 잡는다.

《아무것도 후회하지 마오, 아무것도, 모든 고통을 내색하지 말고, 그 무엇도 알려고 하지 마오, 그때 가장 근접해 있을 거라 여기구려,》손을 들었다가, 다시, 쓴다.《깨달음에.》

여행자가 편지를 멀찌감치 놔둔다.

방에서 나간다.

아무도 없이 방은 불이 켜진 채다.

밤. 인적 없는 에스탈라.

누군가 걷고 있다. 호텔에 투숙중인, 여행자다.

그는 강을 건넌다, 선착장을 따라 지나간다.

바닷물이 진흙 비탈로 들이친다. 하늘이 요동친다, 하늘이 아주 낮게 깔려 있다, 하늘이 몹시 어둡다, 하늘 곳곳이 검다. 선착장은 닫혀 있다.

여행자가 방향을 튼다. 그것이 저기에 있다. 강이 갈라져 있는, 저기, 강의 두 지류 사이에, 단순한 형태의, 커다란 석조 건물이. 강의 지류들과 면해 있는 땅 쪽으로 층계가 나 있는.

그녀가 거기, 층계 가장 높은 단 위에서 자고 있다, 해변에서의 자세로, 건물 벽에 등을 기댄 채.

그도 여기에 있다. 그는 섬 맨 끝에 서 있다, 바다로 이어지는 하구와 마주한 채로.

그는 혼잣말을 하는 중이다.

여행자가 섬 위를 걷는다. 폭풍우의 흔적들, 부러진 나뭇가지들이 있다. 그는 그녀 앞으로 간다, 다가간다, 그녀가 깊이 잠들어 있는 게 보인다. 그녀의 숨소리는 고르고, 편안하다.

여행자는 잠들어 있는 여자와 20미터가량 떨어진 섬의 끝 쪽으로 발걸음을 이어간다.

하지만 끝까지 가지는 않는다.

여행자는 잠든 그녀와 섬 끝에서 혼잣말중인 그의 중간에 위치한, 벤치에 앉는다.

강의 외곽, 도처에서, 배들이 바다 쪽으로 방향을 잡는다. 배들이 길게 줄지어 하구를 통과하는 것이 보인다.

갑자기, 어떤 신음소리.

갑자기, 모터 소리와 파도 소리 사이에, 아이의 신음소리가 끼어든다. 그 소리는 그녀가 자고 있는 곳에서 들려오는 듯하다.

잠시 혼잣말이 이어진다, 섬 안을 떠돈다, 신음소리와 섞인다, 모터 소리와 파도 부서지는 소리 사이에 끼어든다.

그러고는 그친다.

그에게 신음소리가 들렸음이 틀림없다.

그는 섬의 끝자락에서 떠난다. 그가 온다. 다른 사람을, 여행자를 보고는, 벤치 옆에서 걸음을 멈춘다.

— 아, 오셨군요.

그는 다시 자리를 떠나, 층계 쪽으로 간다. 그녀에게로 몸을 숙인다, 귀를 기울이다가, 다시 몸을 일으켜, 예외 없이, 서둘러, 돌아온다. 벤치 앞으로 재차 와, 멈춰 선다, 알린다.

— 그녀는 잘 자고 있습니다.

계속되는, 신음소리.

— 이 신음소리는, 그녀가 내는 건가요?

— 네, 아시다시피, 그녀는 화가 나 있습니다, 하지만 잠든

상태이지요. (그가 말을 멈춘다) 오로지 분노 때문인데, 괜

찮습니다.

— 뭐에 대한 분노입니까?

그가 주위의 전반적인 움직임을 가리킨다.

— 신이지요. (그가 말을 잇는다) 보통은 신에 대한 것인데,

괜찮습니다.

그는 열심히 움직여, 섬의 끝으로 돌아간다.

소음이 커진다. 신음소리가 들린다. 하구가 소란스럽다.

여행자는 섬의 끝에서 그와 다시 만난다.

환한 바다 덕에 그가 잘 보인다. 여행자는 처음 보듯 그를 살

핀다.

모터 소리가 다시 커지고, 배들이 더 활발히 움직인다, 파도가

계속 들이친다.

그가 입을 뗀다, 말한다.

— 정말 어수선하지요. (그가 덧붙인다) 한 시간은 기다려야
합니다, 더는 출항하지 않을 테고 그럼 바다도 잠잠해
질 겁니다. (그가 덧붙인다) 시간은 흐르기 마련이니까요.

그가 소용돌이치는 하구를 가리킨다.

— 보세요, 보십시오. 여길, 보십시오.

그는 범람한 강을 가리킨다, 물의 고통을, 물의 가공할 뒤섞임
을, 잠에 들기 위한 소금의 갑작스러운 거슬러오름을.

신음소리가 호소한다. 신음소리가 터져나온다.

여행자가 말한다.

— 호텔로 돌아가질 못하겠습니다, 그녀를 떠나는 게 쉽지
가 않네요……

그가 대답한다, 혼란을 마주한 채로.

— 이해합니다…… (앞을 가리키며) 이해합니다…… 저도 마
찬가지니까요…… 보십시오……

그가 주변 전부를 가리킨다.

신음소리가 다시 호소한다.

바다를 보고 있는 여행자에게는 그 소리가 더이상 들리지 않
는 것 같다.

여행자는 섬의 끝자락에서 떠나, 잠들어 있는 그녀에게 돌아간다. 버림받은 육체 곁에 앉아, 그녀를 바라본다. 그녀의 입술이 반쯤 벌어져 있다. 꿈꾸는 중인 짐승의 신음소리가 한결 부드러워진다. 깊이 잠든 얼굴이다. 그는 몸을 숙여, 자기 머리를 그녀의 가슴에 댄다, 아이의 신음소리와, 그 소리와 짝을 이루는 심장박동 소리가, 아이의 신음소리와, 심장의 분노가 들린다.

여행자가 다시 일어난다. 현기증을 털어낸다.

걷는다, 멈춘다, 다시 걷는다. 섬을 가로질러, 물의 움직임을 응시하고 있는 그에게로 다시 간다.

바닷물이 계속 밀려오는 중이다. 강이 차오른다. 둑이 물에 잠긴다. 바다가 점점 섬의 지면과 가까워진다.

그는 가까이 와서, 보라고 여행자에게 신호를 보낸다.

그가 가리키며, 말한다.

— 보십시오, 저쪽을 보십시오.

아주 옅은 안개가, 하구에서, 올라온다. 안개가 눈앞에서 춤을 춘다, 잦아든다, 바다가 안개를 갈가리 찢는다, 하지만 또다른 안개가 줄줄이 올라온다, 춤을 추면서. 그가 말한다.

— 보이시지요. (그가 미소를 짓는다)

계속되는 아이의 분노 섞인 신음소리.

물의 움직임이 벌써 수그러들고 있다. 소금의 들이침이 약해
진다.

여행자가 충계를 가리키며, 부탁한다.

　　— 어떤 내력이 있는지를 들려주시지요.

그는 고개를 돌리지 않는다, 그에게는 자신의 앞쪽만이 눈에
들어올 따름이다, 그가 답한다.

　　— 처음에는 섬이 (그가 바다를 가리킨다) 저기에. 그러고는
　　먼지를 일으키며, 에스탈라가 들어섰습니다. (그가 덧붙
　　인다) 아시겠습니까? 시간이……

배가 출항하는 사이사이 정적이 흐른다.

그가 말한다.

　　— 정적은 시간과 시간 사이에 흐릅니다.

신음소리가 뜸해졌다.

　　— 보십시오.

물고랑 하나가 진흙 둑 사이에 생기고 있다. 하구에, 어떤 차
이가 보이기 시작한다. 바닷물이 하얗게 감겨 말리면서, 떨어져
나간 소금이, 더는 섞이지 못한다. 파도의 경사가 완만해진다.

분노가, 신음소리가 막 그쳤다.

최후의 말이 그에게서 쏟아져나온다. 그의 두 눈이 반짝인다, 감긴다, 물의 평화와 마주한 채.

— 절대적인 욕망의 대상, 그녀가 사방으로 열리는, 대개
이 시간 즈음의, 밤잠. (그가 멈춘다, 다시 말을 잇는다) 욕망
의 대상인 그녀는, 그녀를 원하는 사람의 것입니다, 절
대적인 욕망의 대상으로, 살고 있는 셈이지요.

그의 두 눈이 떠진다. 그는 다른 남자인, 여행자 쪽으로, 다음
으로는 잠들어 있는 그녀 쪽으로 고개를 돌린다, 이윽고 그의
시선이 에스탈라를 가로지르고는, 자취를 감춘다.

그들은 잠들어 있는 육체 근처로 간다.

가까이 가, 육체를 바라본다. 하늘이 활짝 갠다.

그들은 잠들어 있는 육체 곁에 앉는다. 입술이 다시 다물어져
있다. 숨이, 호흡의 흐름 속에서 지긋하게, 자기 길을 낸다.

그는 앞서 잠시 바다를 보던 대로 주체하기 어려운 열정을 갖
고 그녀를 바라본다.

여행자가 묻는다.

— 언제 이야기가 시작된 거지요?

그가 여행자 쪽으로 고개를 돌리더니, 망연히 여행자를 바라
본다, 그는 갑자기 확신에 사로잡힌다.

— 제 생각을 말하자면 빛과 함께, 빛의 폭발과 함께입니다.

그는 계속 여행자를 바라본다, 그를 알아본다, 투명한 그의 시선 속에 모든 것이 섞여든다, 모든 것이 동일해진다, 그가 말한다.

— 당신은 그녀를 위해 에스탈라에 왔군요, 그래서 에스탈라에 온 거군요.

그가 그녀를 가리킨다. 그녀가 그들을 보고 있다. 눈을 뜬 채로 자고 있다.

여행자가 섬을 떠난다. 그도 동행한다.

그들은 걷는다.

선착장을 따라, 걷는다. 그가 여행자에게 가리킨다, 뚫고 들어가기 어려운, 육중한 에스탈라를.

— 그녀의 아이들이 저곳에 있습니다, 그녀는 아이들을 낳아, 그들에게 줍니다. (그가 덧붙인다) 도시가, 저 땅이 그 아이들로 가득합니다.

그는 말을 멈추고, 멀리, 바다 옆, 둑을 가리킨다.

— 그녀는 저기, 비명이 들려오는 쪽에서 출산을 하고는,

아이들을 포기합니다, 그럼 그들이 와서, 아이들을 데리
고 갑니다.

둑 쪽을 응시하며, 그가 말을 잇는다.

— 저곳은 모래의 고장입니다.

여행자가 되뇌인다.

— 모래의.

— 바람의.

그가 여행자 쪽으로 고개를 돌린다.

그들은 서로를 바라본다.

— 기억이 좀 나십니까……? 비명이 들려오던 날을…… 기
억하시겠습니까?

— 거의 기억이 나지 않습니다. 거의.

그는 다시 여행자에게 끝없이 펼쳐진 검은 공간을 가리킨다.

— 그녀는 도처에 살았습니다, 여기나 다른 곳에. 어느 병
원에, 호텔에, 들판에, 공원에, 도로에. (그가 멈춘다) 시립
카지노를 알고 계셨습니까? 지금은 그곳에서 지내고 있
습니다.

그가 섬을 가리킨다. 여행자가 묻는다.

— 외곽의 감옥입니까.

— 그렇습니다.

— 시내에서 살인이 벌어집니까?

그는 건성으로 대답한다.

— 살인과 뭐 이런저런.

그들은 다시 걷는다. 여행자가 어떤 말을 내뱉는다.

— 외곽에서의, 자발적 구금.

그는 듣지 못한다, 그는 바다 깊숙한 쪽의, 환한 하늘을 보고 있다, 그가 말한다.

— 달을, 보십시오, 광인들의 달을.

그들은 여전히 걷고 있다, 천천히. 여행자가 묻는다.

— 그녀는 잊었습니까?

— 아니요, 아무것도 잊지 않았습니다.

— 잃어버렸습니까?

— 불태웠습니다. 하지만 저기에, 흩어져 있습니다.

그는 무심히 가리킨다, 끝없이 펼쳐진, 검은 공간을.

그는 걸음을 멈추고, 다시 바다를 바라본다, 오랫동안, 그러고는 섬으로 돌아간다, 그녀 곁으로.

*

밤.

여행자가 바다를 따라 지나간다.

담 뒤 호텔을 따라 걷는다, 호텔을 지나친다.

도로를 걷다가, 언덕 위 어떤 집 쪽으로 향한다.

그는 집 앞에서 멈춘다. 육중한 에스탈라가, 집 사방으로, 아찔하게 자리하고 있다.

흰색 겉창들이 있는 회색 장방형 모양의 집은, 해변과 둑 전체를, 독이 퍼져 있는 도시를 굽어보고 있다. 정원은 방치돼 있다, 잡초가 웃자라 담보다 키가 크다.

반쯤 열린 철문에 이끌리듯 다가갔다가, 덜컥 겁을 먹는다.

여행자는 다시 발길을 옮긴다.

그는 다시 도로를 걷는다, 해변으로 내려간다. 둑 쪽으로 가지 않고, 담 쪽으로 향한다.

여행자는 담 뒤에 있는 호텔의 로비 안으로 들어간다. 그곳은 어둑하다. 안락의자들이 거기 두 줄로 바다를 마주한 채, 놓여 있다. 문 하나는 발코니 쪽으로 나 있다, 열려 있다. 그곳으로 들어오는 바람에 거뭇해 보이는 식물이 흔들린다. 나란히 놓인 거울이 벽을 차지하고 있다. 거울이 비춘다, 로비의 중앙 기둥을,

묵직하게 증식한 기둥의 그림자들을, 초록 식물을, 흰 벽을, 기둥을, 식물을, 기둥을, 벽을, 기둥을, 벽을, 벽을, 그리고 그, 막 지나간, 여행자를.

*

낮.

여행자가 외출한 사이 여자는 호텔 안뜰에 있다. 그녀는 지난 밤에 입었던 옷을 그대로 걸치고 있다. 건물의 흰 전면에 시선을 둔 채 그를 기다린다. 똑바로 서서, 담장 밖에서 호텔을 바라보고 있다.

그의 발소리가 들린다, 그가 보인다, 그녀는 그가 있는 쪽으로 간다.

— 내가 왔어요.

— 당신한테 가는 길이었습니다. (그가 덧붙인다) 그럴 거라 는 걸 알고 있었습니까?

그녀는 잘 이해하지 못한다.

— 어디로요?

— 섬으로요. 아셨습니까?

— 아니요.

그녀는 그에게 다가가, 당혹스럽고 두려운 마음에 자신의 머 리를 그의 어깨에 기댄다. 그녀는 한기를 느끼는 것 같다. 그녀가 말한다.

— 나는 이곳을 알고 있어요.

그녀가 고개를 들어, 호텔을, 그를 바라보며, 덧붙인다.

— 당신도 알고 있었고요.

그는 잠자코 있다. 갑자기 큰 혼란에 빠진 채, 그녀가 다시 호텔을 바라본다.

— 어젯밤에 섬에 갔었습니다.

— 아.

— 그리고 해변에서 당신을 만났지요.

그녀는 고개를 들어, 바다를 마주하고 서 있는 단순한 형태의 흰 건물 정면을 바라본다, 그는 그녀를 이끄는 것이 어렵다.

그가 그녀를 데리고, 호텔을 우회한다.

해변.

멀리 몇몇의 산책자와, 걸어다니는 말들이 있다. 하늘은 옅고, 날씨는 아주 맑다.

그들은 바다를 향해, 헐벗은 모래 위를 걷고 있다.

그녀는 계속해서 한기를 느낀다. 호텔에 대한 생각을 떨치지 못하고서, 그녀가 다시 돌아선다. 그가 그녀를 돌려세운다, 이끈다. 그녀가 말한다.

— 당신이 어디에 머무는지 그에게 물어봤어요, 그는 나에게 당신이 어떻게 생겼는지 말해달라 했고요, 말해줬어요. (그녀가 멈춘다) 그때 그가 당신과 어떻게 다시 만날 수 있는지 알려줬어요. (그녀가 그를 살핀다) 제대로 찾았네요.

— 그래요, 맞아요.

그녀는 여전히 떨고 있다. 한번 더, 뒤쪽의, 호텔을 돌아본다. 그가 그녀의 고개를 자기 쪽으로 향하게 한다. 호텔을 가리킨다.

— 호텔을 방문한 적이 있습니까?

— 아니요. (그녀가 덧붙인다) 난 절대 저쪽으로 가지 않아요, 에스탈라 그쪽으로는.

그는 그녀를 다시 이끈다. 그녀는 걷는다.

바다가 보인다. 그녀가 말한다.

— 가끔 이곳은 고요해요.

그녀는 이제 호텔을 잊은 듯하다.

— 아무것도 들리지 않아요.

그녀가 바다를 가리킨다, 푸르고 상쾌한 아침 바다가, 일렁인다, 그녀는 앞으로 나아간다, 미소 짓는다, 말한다.

— 바다.

그녀는 다시 걸음을 멈춘다. 그는 계속 걷고 있다. 그녀는 또 뒤를 본다.

— 이리 와요.

— 나는 되돌아가야 해요.

그녀는 에스탈라의 또다른 남자 외에는 절대 따라가지 않는다, 그녀는 여행자를 쫓아가는 것에 두려움을 느낀 것이리라.

그는 앉는다, 그가 그녀를 부른다.

— 가까이 와요. 여기서 좀 쉬지요.

그녀가 온다. 그의 옆에 앉는다. 그녀는 말이 없다.

이윽고 해변에서 그 다른 남자를 찾는다.

그를 먼저 발견한 건, 여행자다.

— 멀리 있지 않네요, 보세요.

저만치, 둑 뒤에서, 정말로, 그가 불쑥 나타난다. 그는 지칠 줄 모르고 밀려오는 바다를 따라 걷는다.

그녀에게도 그가 보인다. 그녀의 얼굴 위로 화색이 돈다. 차츰 긴장이 풀린다. 호텔에 대한 기억은 희미해진다.

그녀가 그를 바라본다, 여행자를. 그녀는 더이상 떨지 않는다.

그가 모래 위로 길게 몸을 뉘였다, 그녀는 계속 그를 바라본다. 그녀는 여행의 피로함에 대해 뭔가를 알아차린 듯하다. 그녀가 잠들지 못하는 그의 두 눈에 손을 갖다댄다. 그녀가 말한다.

　　― 난 이 여행 때문에 당신을 만나러 왔어요.

　그가 다시 그녀를 부른다.

　　― 내 곁으로 와요.

　그녀가 미끄러지듯 그에게로 간다. 그녀는 몸을 숙여, 얼굴을 그의 가슴에 댄 채로, 있는다.

　　― 당신 심장 소리가 들려요.

　　― 난 죽어가는 중입니다.

　그녀가 살짝 얼굴을 다시 든다. 그는 그녀를 쳐다보지 않는다. 반복한다.

　　― 죽어가고 있단 말입니다.

　그가 소리쳤다. 말은 바깥에 머물러 있다. 하지만 그 고함 때문에 그녀는 다시 몸을 일으켜, 그에게서 약간 물러선다. 그녀는 갑작스레, 당황한 채, 그를 내려다보며, 경계한다. 그녀는 기다린다. 말한다.

　　― 아니에요.

그녀는 부드럽게 말했다. 이 부드러움 속에서 고함의 난폭함이 사라진다, 막연하게 위협적이던 분위기가 사그라든다.

그녀가 다시 말을 꺼낸다.

— 당신이 하려고 하는 이 여행 때문에 당신을 만나러 왔어요.

그녀는 입을 다문다. 그는 묻지 않는다. 말은 열려 있다, 말은 자신의 끝을 알지 못한다. 나중에 닫히리라는 것은, 알고 있다, 말은 아무것도 재촉하지 않는다, 기다린다.

해변의 다른 쪽 끝에서, 둑을 따라, 그가 다시 걷기 시작했다. 코스는 일정하다. 그가 왔다갔다한다. 모든 코스에서 그가 보인다. 그녀가 그를 가리키며, 천천히 말한다.

— 오늘 아침에 내가 당신을 찾고 있을 때 그가 내게 몇몇 이름을 말해주었어요. (그녀가 말을 멈춘다) 나는 에스탈라라는 이름을 골랐고요.

그녀는 어떻게 말을 이어갈지 주의를 기울이며, 움직이지 않는다.

— 그래서 우리가 서로를 알게 된 거예요. (그녀가 덧붙인다) 나는 아주 오랫동안 이곳에 있었고 당신, 당신은 그걸 알고 있었던 거 같아요. (그녀가 말을 잇는다) 당신은 뭔가

를 알고 있었음에 틀림없어요.

끝없는, 모래의 움직임. 그녀가 말을 할 때마다 광적인 발소리가 울린다.

— 그래서 당신이 온 거죠. (그녀가 말을 잇는다) 나를 위해 에스탈라에.

그녀는 그를 빈틈없이 살피더니, 부정의 제스처를 취한다, '아니'라는 제스처를, 그렇게 그녀를 관통해 막 떠오른 우발적인 생각을 부인한다. 스스로에게, 아니라고. 그러고는 확신을 갖고 말한다.

— 당신은 자살하기 위해 여기에 왔지요.

그녀는 기다린다. 그는 대꾸하지 않는다. 그는 잠이 든 것 같다. 그녀는 그에게 손을 갖다댄다, 그녀가 덧붙인다.

— 아니라면 당신은 나를 보지 못했을 거예요.

그녀가 그의 주의를 끌어본다.

— 이해하겠어요?

그는 그렇다는 제스처를 취한다. 그녀는 입을 다문다. 그가 묻는다.

— 아무도 당신을 본 적이 없습니까?

그녀가 분명하게 말한다.

— 모두가 나를 봐요. (그녀는 기다린다) 당신, 당신은 다른 것도 본 것이고요.

그녀는 멀리서, 걷고 있는 그를 가리킨다, 그녀가 덧붙인다.

— 그를요.

그녀는 바다를 마주한 채로 꼼짝하지 않는다. 그가 말한다.

— 나는 당신들을 잊고 있었습니다.

— 네, 그래요. (그녀는 더디게 간극을 알아챈다) 그러니까 당신은 자살하려고 에스탈라에 왔지요, 그러다 우리가 여전히 여기에 있다는 걸 알게 됐고요.

— 맞습니다.

— 기억이 살아난 거로군요.

— 네. (그가 덧붙인다) 그러니까. (멈춘다)

— 이런 걸 뭐라고 해야 할지 모르겠네요.

그들은 침묵한다.

거무스름한 것이 태양을 스친다. 바람이 오간다. 바다의 흐름이 달라지려 한다. 변화가 일어난다.

저기, 바다 앞에서, 계속되는, 보행.

그녀가 일어서더니, 그가 걷고 있는, 둑 쪽으로 몸을 돌린다.

— 그를 보러 가려고요, 다시 올게요.

그는 그녀를 붙잡지 않는다. 그의 옆에 서 있지만, 그녀의 시선은 멀리, 걷고 있는 남자에게 계속 가 있다.

— 그에게 물어볼 게 있어요. (그녀가 반복해서 말한다) 다시 올게요.

그녀는 계속 기다린다. 아직도 그에게 뭔가 할말이 남아 있다.

— 여행 말인데요. (그녀가 말을 멈춘다) 우리가 이 여행을 해야 한다는 걸 내가 어떻게 알고 있는지 모르겠어요.

그녀가 멀리 있는 그를 가리킨다.

— 그가 알려줄 거예요.

그가 멀어지는 그녀를 부른다. 묻는다.

— 에스탈라, 그게 내 이름입니까.

— 네. (그녀가 가리키며 말한다) 이곳의, 모든 것, 모든 것이 에스탈라예요.

그녀가 멀어진다. 그는 그녀를 다시 부르지 않는다. 그녀는 바다를 따라 걷는다.

여행자는 그녀가 걷는 걸 바라본다. 그녀는 평소보다 더 빨리 걷는다.

그녀도, 돌연, 일정한 보폭으로.

그녀가 그를 따라잡았다. 그녀는 이제 그와 함께 걷는다. 되돌아오는 대신에, 그는 걷던 대로 계속 걷는다, 그녀도 함께 걷는다.

바다의 움직임이 바뀌었다. 썰물이, 깊은 소금 구렁 속으로 스며든다. 하얗게 일어난 포말 속에, 바다 갈매기들이 있다. 드러난 모래 쪽으로 갈매기들이 모인다. 굶주린 바다 갈매기들의 울음소리가 그들을 앞선다.

어디에서도 그들이 보이지 않는다.

한참 후에 그들이 다시 나타난다.

그, 그는 바다를 따라 돌아온다. 판자 길 위에 있는, 그녀. 그녀는 아무것도 보지 않는다, 보려 하지 않는다, 흰 갈매기떼도, 무수한 겹도.

그들은 강 쪽으로 향한다.

여행자는 오늘밤 섬에 가지 않는다.

오후가 시작되는 시간이다. 그들이 지나간다.

그는, 바다를 따라서. 그녀는 판자 길 위로.

여행자가 판자 길 위에 있다.

그녀는 그를 보지 못한다. 그녀는 아무것도 보지 못한다.

그들은 둑 쪽으로 간다. 둑 뒤로 사라진다.

어쩌면 그들은 아이의 출생을 준비하는 것이리라, 저기, 에스탈라의 비명소리가 들려오는 둑 뒤에서.

그들은 저녁에 돌아온다. 바다 갈매기들이 운다. 그녀는 약간 허리를 굽힌 채로, 거의 뒤뚱대며 걷고 있다. 정말이지 출산이 임박한 것 같다.

그들을 부르지 않는다.

여행자는 다른 곳에서, 호텔 로비에서 그들을 기다린다. 그는 그들을 다른 시간에 기다린다. 밤에. 밤에 호텔 로비에서.

로비의 모습이 바뀌었다. 거울이 뿌옇다. 그 거울을 마주한 채, 안락의자들이 흰 벽을 따라 정렬해 있다. 거뭇해 보이는 식물만이 여전히 자리를 지키고 있다. 열린 문으로 불어오는 바람 따라 계속 식물이 움직인다. 위험하게 일렁이는, 죽은 영혼의, 느릿한 움직임.

그는 칠흑 같은 밤이 되어서야 도착한다. 그녀는 오지 않았다, 그는 혼자다. 그는 빠른 걸음으로 호텔 로비로 들어간다, 그는 벽가의 안락의자에 앉아 있는 여행자를 본다. 그가 말한다.

— 지나가는 길이었습니다.

그가 덧붙인다.

— 나는 이쪽으로 절대 오지 않습니다.

그가 서 있는 자리에서, 둘러본다.

갑작스레 로비가 그의 눈에 들어온다.

그를 둘러싸고 있는, 로비.

그는 여행자를 응시한다.

그의 두 눈이 빛난다. 어둑한 주위를, 그는 대낮인 양 바라본다. 오랫동안.

그가 움직인다.

발코니 쪽으로 간다, 돌아선다, 또 뚫어지게 바라본다. 다시 돌아온다. 어스름 속에 앉아 있는 여행자 앞으로 재차 지나간다, 그를 더는 보지 않는다, 로비만을 본다.

갑자기, 그가 무대 한가운데 멈춰 서더니, 줄지어 놓인 안락의자와 기둥들 사이의 공간을 가리키고, 묘사하며, 묻는다.

　— 여기였습니까? (그가 말을 멈춘다) 맞습니까?

주저하는 목소리다.

그는 기다린다.

무도장 복판에 서서, 계속 기다린다.

그러고는, 다시, 줄지어 놓인 안락의자와 기둥들 사이의 공간을 가리키며, 묘사하기를, 반복한다, 그는 기다린다, 아무 말도 하지 않는다.

걷는다, 그 공간을 두루 돌고, 또 돌다가, 멈춘다.

다시 걷는다. 또 멈춘다. 경직된다.

아주 나지막하게, 노랫소리가 들린다.

노랫소리가 들린다.

그가 노래를 부르고 있다.

먼 옛날 에스탈라의 축제 음악인, 묵직한 행진곡이다.

그가 앞으로 나아간다. 평소의 뻣뻣함이 단번에 사라진다. 여기 이렇게, 그가 앞으로 나아간다, 노래하며 동시에 춤을 춘다, 그가 무대로 향한다, 춤추며, 노래하며.

몸이 흥분한다, 기억한다, 그는 음악이 일러주는 대로 춤을 춘다, 탕진한다, 타오른다, 그는 미치도록 행복하다, 그는 춤을 춘다, 타오른다, 타오름이 에스탈라의 밤을 관통한다.

잠깐. 그가 멈춰 선다.

그는 멈춘다. 더이상 움직이지 않는다. 더이상 노래하지 않는다, 그는 주위를 살피며 춤을, 노래를 중단시킨 외부 사건을 찾는다, 그에게만 찾아오는 어떤 현기증에 사로잡힌 채, 무슨 일이 일어났는지를 알아본다.

로비 안쪽에서 뭔가가 움직였다.

그가 묻는다.

　　— 거기 누굽니까?

그는 자신의 목소리에 귀를 기울인다. 시선은 고정되어 있다. 그는 좀 전 자신의 움직임처럼 자신의 말 또한 감내한다.

그가 반복해서, 묻는다.

― 거기 누굽니까?

그는 두려워하는 것 같다, 그가 돌아선다, 몸을 곧추세운다.

여행자가 일어나, 로비 안쪽에서 서서히 다가온다.

그는 이 다른 남자를, 여행자를 바라본다. 여행자가 몇 걸음을 떼어, 무대 조명에 이른다. 그는 여행자를 바라본다.

눈앞에 여행자가 있다.

꼼짝 못한 채로, 입이 벌어진다, 어떤 소리도 내지 못한다, 말을 하려고 애를 써보지만, 하지 못한다, 안락의자에 주저앉는다, 여행자를 향해 손을 내민다, 처음 보듯 그를 바라본다, 중얼거린다.

― 당신, 당신이었군요. (그가 말을 멈춘다) 돌아왔군요.

그가 운다.

*

일요일. 에스탈라의 소음이 더 심해지지는 않는다. 바람이 분다. 이윽고 비가 내린다.

여행자는 빗속에서 에스탈라를 거닌다.

그는 그들과 만나지 못한다.

밤에도. 낮에도.

여행자는 에스탈라의 시공간 속 그 어디에서도 그들을 보지 못한다.

*

칠흑 같은 어느 밤.

그녀가 호텔 앞을, 지나간다.

여행자는 발코니에 있다, 그는 그녀가 판자 길 위에서 이동하는 것을 본다, 그녀의 그림자가 바다 위에 또렷이 드리워진다.

그녀는 둑 쪽으로 계속, 천천히 걷는다. 호텔 쪽을 돌아보지 않고, 어둠 속에서, 똑바로.

아이, 아이가, 태어났다.

다른 남자는, 오늘밤, 그녀를 뒤따른다. 그녀는 앞으로 나아간다, 그녀는 그에게 무관심하다. 그가 그녀를 쫓는다. 그녀는 짐승같이, 재빨리, 가버린다.

그녀가 어둑한 둑 뒤로 사라진다, 모래 속으로, 무한한 바람 속으로 자취를 감춘다.

그도 자취를 감춘다, 사라진다.

더는 아무것도 없다. 잠이 든, 무수한 겹 외에는.

다음날 해가 내리쬐는 낮.

여행자는 햇볕 속에서 에스탈라 주위를 걷고 있다.

그는 멀어진다, 뚫고 들어가지 못한다. 문 닫힌 집들이 늘어선 길을 걷는다. 돌로 가득한 섬.

그는 찾고 있다, 에스탈라에서, 그 너머에서.

*

계속 내리쬐는 해.

여행자가 사람이 살고 있는 집 앞을 지나간다. 정원에 테라스가 하나 있다. 길에서 테라스가 얼핏 보인다. 창문들이 열려 있다. 집 안쪽에서 말소리가 들려온다.

어떤 여자가 웃음을 터트린다 — 경쾌하고, 짧은 웃음.

한낮.

여행자는 되돌아간다.

그가 멀어진다.

*

저녁, 섬 강가. 그녀가 혼자, 둑 위에 앉아 있다, 그녀는 앞에 펼쳐진, 에스탈라를 바라본다. 여행자가 그녀 옆에 앉는다, 그녀가 그를 본다.

— 아, 왔군요.

그녀는 눈앞에 보이는 것에 온통 마음이 빼앗겨 있다, 여행자가 그녀에게 묻는다.

— 그에게 여행에 대해 물은 적이 있습니까?

그녀가 기억을 떠올린다.

— 그가 말하길 내가 여기 에스탈라에 와서는 늘 그 여행에 대해 말했다고 하더군요.

해가 저문다. 그녀는 주의 깊게 에스탈라를 바라보다 잠이 들려고 한다. 그녀는 이미 자신을 잠으로 인도해줄 다른 남자를 기다리고 있음이 분명하다.

그녀의 얼굴에는 그 어떤 피로의 흔적도 고통의 흔적도 없다. 하지만 그녀는 야위었다. 그녀의 두 눈에서 즐거운 기운이 느껴진다.

그녀는 여행자가 떠난 걸 알아차린다.

*

여행자는 사람이 살고 있는 집 앞으로 다시 간다. 멈춰 선다. 길에서 테라스와, 정원의 일부가 보인다. 그가 초인종을 누른다. 문이 안에서 자동으로 열린다, 그는 들어간다. 하얀 가구가 갖추어져 있는, 아주 환한 곳이다.

여자 목소리.

— 뭐지요?

그는 대답하지 않는다, 그렇게 하지 못한다. 그의 앞쪽으로 유리 접이문이 테라스를 향해 열려 있다. 목소리가 그 문 뒤, 그에게는 보이지 않는 테라스 한쪽에서 들려온다. 그는 기다린다.

역광을 받으며, 바로 그 유리 접이문에서 여자가 모습을 드러낸다. 그녀는 여름 원피스를 입고 있다. 풀어헤쳐진 짙은 흑발의 여인이다.

그녀에게는 입구의 어슴푸레한 빛 속에 서 있는 그가 잘 보이지 않는다.

— 누구를 찾으시는 거죠?

그가 한 걸음 다가선다, 그는 아무 말도 하지 않는다. 그녀에게는 여전히 그가 잘 보이지 않는다.

— 원하시는 게 뭔가요?

그는 그녀 쪽으로 더 나아간다. 그녀는 그가 오는 걸 바라본다, 미소 짓는다, 놀란다, 하지만 그 어떤 두려움도 느끼지 않는 것 같다.

그가 또 한 걸음을 내딛는다, 멈춰 선다. 테라스에 쏟아지는 빛 속에 머문다.

그녀가 그를 본다.

단번에 그에게서 시선을 거둔다. 얼굴이 굳고, 눈이 감긴다, 어찌할 수 없는 고통이 그녀의 육체를 관통하는 것 같다.

그녀는 테라스 쪽으로 간다, 그가 그녀를 뒤따른다. 그녀는 어떤 기계적인 제스처를 취하며, 안락의자를 가리킨다, 그녀가 말한다.

— 좀, 앉아요.

그들은 움직이지 않고, 서 있다. 그녀가 작은 목소리로 말한다.

— 돌아왔군요……

그들은 서로를 바라보지 않는다.

그는 그녀 곁에 서 있다. 그녀는 앉지 않는다. 그녀는 테라스 테이블에 기댄다.

담배 한 개비를 집는다. 그녀의 손이 떨린다.

그녀가 앉는다.

그녀는 파란 파라솔 위로 쏟아지는 빛 속에 있다.

이제야 그가 그녀를 바라본다. 아름다움은 여기에, 여전히 존재한다.

나지막한 테이블이 그의 오른쪽에 있다, 그 위에 책 한 권이 펼쳐져 있다. 여자 앞으로 오솔길이 나 있다. 그 끝에, 하얀 철문 하나가 있다. 닫혀 있는 그 철문까지, 초록 잔디 정원이, 이어져 있다.

— 그녀는 회복이 전혀 안 됐나요?

— 전혀요.

여자가 얼굴을 옆으로 돌려, 안락의자 등받이에 고개를 떨군다, 그녀는 정원 쪽으로 몸을 숨긴다, 여자가 말한다.

— 이따금…… 생각해요, 그녀가 나를 부르고 있다고……
여전히…… 지금도……

여자가 울지 않기 위해 애를 쓰며, 턱에 힘을 준다.

그녀는 자기 자신 때문에 우는 게 아니다.

그가 아주 유심히 그녀를 계속 바라본다. 여자는 알아차리지 못한다.

— 그녀가 죽지 않았다는 건 알고 있었어요, 나에게 알려

주었을 테니까요······ (여자가 주저하더니 더 나직이 묻는다)

그녀는 어디에 있게 되었나요?

— 에스탈라의 감옥에요.

— 아······

여자는 떠오르는 이미지를 떨쳐내며, 등받이에 다시 고개를 떨군다.

그녀의 몸이 원피스 아래로 훤히 보인다. 여전히 생동감 있는 그녀의 몸. 테라스 돌바닥 위 그녀의 맨다리와, 맨발.

여행자는 변함없이 비상한 주의를 기울이며 그녀를 계속 바라본다. 그녀는 여전히 알아차리지 못한다. 여자가 다시 작은 목소리로, 묻는다.

— 그녀가 아직도 나에 대해 이야기하나요?

— 아니요.

여자가 다른 담배 하나를 집는다. 그녀는 계속 떨고 있다. 그녀의 두 눈에 우울과 비관의 기색이 역력하다, 방향을 상실한 바닥 모를 구멍들.

여자가 정원의 어떤 지점을 텅 빈 시선으로 바라본다.

— 그녀를 위해서 뭘 할 수 있겠어요.

— 아무것도요.

여자는 자신이 불가해한 관심의 대상이 되고 있다는 걸 여전히 모르고 있다. 그녀가 묻는다.

— 왜 에스탈라로 돌아왔나요?

침묵. 그녀가 놀란다.

그녀가 여행자 쪽으로 고개를 돌린다. 본다, 그의 시선을 보게 된다.

그는 대답하려고 애쓴다. 그가 비로소 대답한다.

— 원했던 건지 잘 모르겠습니다. (그가 말을 멈춘다)

실수한 것 같다는 제스처를 취하고는, 다시 대답해보려고 한다.

— 아니…… 잘못 말했습니다…… 아니에요…… (그가 덧붙인다) 난 원했습니다.

— 뭘 말인가요?

— 자살이요. (그가 덧붙인다) 자살할 장소를 물색하다가, 결국 찾아낸 겁니다.

그녀가 천천히 안락의자에서 일어선다. 잠시 그녀의 시선이 정원에 고정된다, 과거 전체가 눈앞에 다시 펼쳐진다. 이윽고 시선이 돌아온다, 그리고 여자가 말한다.

― 그래요…… 바로 그거예요…… 그녀가 가는 곳마다 모든 것이 망가져버려요.

여행자는 죽음의 연보에 막 범해진 잘못에 바로 응수하지 않는다.

― 죽음은 무용해질까요?

― 네.

이제는 여자도 그를 바라본다. 그들은 서로를 응시한다. 그가 말한다.

― 당신을 제대로 기억하고 있는 건지 확신이 안 섭니다.

낮이 갑작스레 밤으로 변한다.

― 뭐가 달라졌는데요?

그가 모르겠다는 제스처를 취한다.

그녀가 미소를 짓기 시작한다. 미소를 짓는다. 얼굴에 미세한 변화가 생긴다. 그녀가 미소를 짓고 있다.

― 모른다고요?

미소가 얼굴 가득 번진다. 얼굴을 알아보기 힘들 정도다. 그녀는 계속 미소를 짓고 있다.

그녀가 누구인지 더는 알 수가 없다. 그녀가 말한다.

— 나를 봐요.

그녀가 일어선다. 그녀는 그의 앞에 있다, 똑바로, 꼿꼿하게. 그는 자기 앞에 있는 몸 전체를, 얼굴을, 미소를 본다.

— 떠오르는 게 없나요?

— 네.

그녀가 도로 앉는다.

— 다시 한번 봐요.

그녀가 얼굴을 앞으로 내민다. 얼굴 언저리를 살피더니, 그가 말한다.

— 당신 머리카락.

— 그래요. (그녀가 환하게 미소 짓는다)

— 염색된.

— 맞아요. 검게, (다시 환하게 미소 지으며, 그녀가 덧붙인다) 검게 염색된 머리카락. (그녀가 또 덧붙인다) 그게 단가요?

격렬한 공포가 스친다. 테라스와 정원이, 갑자기 두려움의 장소가 된다. 여행자가 일어나, 테이블에 몸을 기댄다, 그는 더 이상 그녀를 보지 않는다. 그녀는 계속 그를 바라보며, 대답을 기다린다, 여전히, 그녀는 미소를 띠고 있다.

― 그러고는요? 또 없나요? (그녀가 주위의 집, 정원, 담과 철
  문으로 둘러싸인 공간, 철책을 가리킨다) 아무것도 생각이
  안 나나요?

그는 제스처를 취한다, 더는 아무것도, 아무것도 생각이 나지
않는다는.

그녀가 말한다.

― 에스탈라의 죽은 여인.

그녀가 반복해서, 말한다.

― 나는 에스탈라의 죽은 여인이에요.

그녀는 기다리다가, 말을 맺는다.

― 나는 그곳에서 빠져나왔어요.

또 기다리다가, 다시 말을 맺는다.

― 당신들 중 유일하게. (그녀가 덧붙인다) 유일하게 빠져 나
  온, 에스탈라의 죽은 여인.

그녀는 정원과, 집 쪽으로 돌아선다. 더는 어떤 말도 하지 않
는다. 윤곽만 남은 얼굴에 미소만은 그대로다.

그가 떠난다. 그녀는 그가 가도록 내버려둔다. 그녀는 그 자리
에 그대로 남아 있다.

그가 오솔길로 접어든다, 철문을 연다, 나간다.

바깥. 하늘. 하늘을 가로지르는 바다 갈매기들.

*

에스탈라 위로 검은 연기가 치솟는다.

한낮.

여행자가 방 창문으로 그 광경을 보고 있다.

경보 사이렌이 아우성이다. 강 쪽이다.

여행자가 시계를 본다, 그러고는 다시 태양을 가리는 검은 연기를 바라본다.

사이렌 소리가 그친다.

밖에서, 발소리가 들린다.

한 여자가 안뜰을 가로지른다, 그녀는 로비 쪽으로 간다. 두 아이와 함께이다. 그들은 상복을 입고 있다.

여행자가 창문에서 물러난다, 기다린다, 귀기울인다, 기다린다.

사이렌 소리가 맹위를 떨치며, 다시 도시에 울려퍼지기 시작한다.

연기가 강 옆 에스탈라 위로 계속 치솟는다.

이날 에스탈라는 미동도 없는 불볕더위 속이다. 나무 그림자가 에스탈라 땅에 뿌리를 내린다. 바람도 일절 불지 않는다. 태양이 구름 한 점 없는 하늘에 붙박인 채 에스탈라 전역에 위세를 부리고 있다.

여행자는 테이블 쪽으로 가, 편지를 집어, 봉투 안에 넣고 다시 테이블에 올려놓는다.

방에서 나간다.

복도. 끝에, 걷는 남자가 있다.

계단 창문으로 비치는 빛 속에.

그는 기다린다.

그들은 서로를 바라본다. 입가에 웃음을 띤다, 파란 두 눈이 그을린 얼굴 속에서 빛난다.

그가 사이렌 소리가 들리는 쪽을 가리키며, 알려준다.

　— 불이 났습니다.

그의 눈은 투명한 액체 같다. 그가 덧붙인다.

　— 감옥에서요. (그가 덧붙인다) 내가 떠날 때 불은 진화됐습니다. (그가 멈춘다, 일러준다) 자주 불이 납니다.

사이렌 소리가 요란하다. 여행자가 말한다.

　— 아직도 불타고 있나본데요.

　— 네, 그런데 더 먼 곳에서요. (그가 말을 멈춘다) 어딘가는 늘 불타고 있지요.

사이렌 소리가 그쳤다. 여행자가 묻는다.

─ 지나는 길이셨습니까?

─ 그녀를 찾는 중입니다. (그가 설명한다) 가끔 그녀는 에스
탈라의 경계를 넘지만 그렇다는 걸 알고 있으니 괜찮습
니다.

그가 주위를 둘러보며, 덧붙인다.

─ 그녀가 여기 있지 않는 한.

─ 없습니다.

그는 떠난다, 뭔가 떠올라, 다시 온다.

─ 로비에 당신을 찾는 사람이 있기에, 기다리라고 했습
니다.

그는 가버린다.

여행자는 남아서, 기다린다.

오랫동안. 이윽고 누가 온다.

누군가 계단을 오른다. 그는 그녀를 알아본다. 안뜰을 가로지
르던 바로 그 여자다. 그녀가 계단에서 그를 본다. 사이렌 소리
가 그쳤다. 그녀가 그를 바라보며, 말한다.

─ 당신이 여기에 있다고 하더군요, 어떤 모르는 남자가.

그녀는 계속 계단을 오른다. 그는 그녀를 보지 않는다. 그녀가

그의 옆으로 온다.

— 당신 방으로 가도 될까요. (주저하는, 겁먹은 말투다)

그는 복도의 유리창을 바라본다. 그녀가 말한다.

— 못 알아보겠어요.

그녀가 그의 어깨에 손을 얹고, 재차 말한다.

— 당신 방으로 가서 애기 좀 할 수 있을까요?

그가 말한다 — 느리고, 부드러운, 그러다 갑자기 쉰 목소리로.

— 당신에게 편지를 썼소. 그 편지가 아직 방에 있소.

*

그녀는 테이블 위에 편지를 다시 내려놓는다. 그녀는 서 있다. 그는 창문 너머 조용한 도시와, 섬 위로 치솟는 연기를 바라본다.

사이렌 소리가 헤집고, 지나간다. 그녀가 말한다. 낮고, 담담한 목소리다.

— 이해가 잘 안 돼요……

그가 그녀를 바라본다. 시선이 부재한다. 그녀는 뒷걸음친다. 몸서리를 친다.

— 당신은 이제 더이상……

그는 대꾸를 해보려고 하지만, 그러지 못한다. 그녀가 말을 잇는다.

— 의문이 드네요, 혹시…… 혹시 처음부터…… 나를 전혀.

(그녀가 말을 멈춘다)

그가 말한다.

— 아마도 그럴 거요.

에스탈라를 가로지르며, 귀가 멍해지도록, 다시 요란하게 울려퍼지는 사이렌 소리. 말하다 말고, 겁을 먹은 그녀가, 소리친다.

  ─ 도대체 무슨 일인 거죠?

  ─ 불이 났소.

사이렌 소리가 요란한 와중에 그녀가 목청을 높인다.

  ─ 어디에요?

  ─ 먼 곳에.

그는 사이렌 소리에 귀를 기울인다. 그녀는 그가 사이렌 소리의 추이에 집중하고 있다는 걸 알아차린다. 그런 것에 정신이 팔렸다는 것에 분노가 치민다, 그녀가 다시 소리친다.

  ─ 다른 게 있어요, 확실해요, 다른 게 있다고요.

사이렌 소리가 멀어진다, 더 멀어진다, 아득해진다.

그는 자기 앞의, 텅 빈 거리를, 변함없이 작열하는 태양을 바라본다.

분노가 누그러진다.

그녀가 갑자기 애원한다.

  ─ 제발, 말해줘요.

그가 말한다.

  ─ 아이들이 보고 싶소.

눈을 감고선, 그가 한 걸음을 내딛는다. 그가 가버릴 거라는 생각에, 그녀가 그를 붙잡는다.

　— 내가 뭔가를 알기 전까지는 떠나지 말아요……

그가 말한다.

　— 아이들이 보고 싶소.

그는 기다린다.

그녀는 대꾸하지 않는다. 그녀는 그를 오랫동안 바라보다가, 다가간다, 주저한다, 더 다가간다.

　— 언제부터 그런 건가요?

그녀의 목소리는 단조롭고, 잠겨 있다. 그가 말한다.

　— 늘 그랬소.

그녀는 탄성을 내지르며, 억지웃음을 짧게 지어보인다. 그는 지켜본다. 말없이 웃고 있는 얼굴이 싸늘하다, 애원하듯 눈빛만은 간절하다.

　— 날 조롱하는 건가요?

　— 아니오.

대답의 진정성이 두려움을 불러일으킨다. 그녀는 뒷걸음친다.

바로 그 순간 그는 자신이 막 저지른 잘못을 깨닫는다. 그는 그녀 쪽으로 가서, 해명의 제스처를 취하며, 말한다.

— 이해해주오. (그가 말을 멈춘다, 덧붙인다) 그러니까 내 말은…… 나도 며칠 전에야 그걸 알게 됐다는 거요.

그녀는 기다린다. 아무것도, 그는 더이상 아무것도 말하지 않는다.

그녀가 말한다.

— 내게 고통을 주는군요……

그는 대꾸하지 않는다.

고함이 다시 터져나오지만 맥없이 들린다, 분노는 사라지고 없다.

— 해명을 듣고 싶어요…… 그만한 권리는 있다고 생각해요……

그는 수긍하지 않았다.

— 내게 못마땅한 게 뭐죠?

— 아니 아무것도…… 나는……

그는 그녀 앞에 있다. 그녀는 말을 해보려고 하는 그의 노력을, 그의 무능함을 본다. 그녀가 그의 손을 잡는다, 그는 그러도록 놔둔다. 마침내 그가 말한다.

　　— 자기도 모르게 벌어지는 일이라오. (그가 덧붙인다) 막연

　　　하다고도 할 수 있는.

　그녀는 그의 손을 놓고, 휴 소리를 내며 말한다.

　　— 일부러 그러는 건가요?

　　— 아니오.

　그녀는 기다린다. 다른 어떤 말도, 그는 다른 어떤 말도 하지

않는다.

　그는 그녀의 존재를 잊었다, 그는 거리를 바라본다. 불현듯,

그녀는 모든 과정이 덧없음을 단번에, 이해한다.

　　— 결국…… 정말이라는 건가요?

　아연실색한 목소리로.

　　— 당신 말은 그러니까……

　　— 그렇소.

　그녀는 마지막으로 주저한다.

　　— 상대도요?

　　— 그렇소.

그녀는 기다린다. 그는 아무 말도 하지 않는다. 더 기다린다, 오랫동안. 아무 말도 하지 않는다.

그러자 그녀가 움직인다. 걷는다.

그녀가 방안을 오가며, 움직인다. 울음을 삼키는 소리. 아주 나지막하게 들리는 소리.

> ─ 그럼 나는, 아무것도 짐작조차 못했던, 이토록 비참한 나는……

그녀가 갑자기 멈춰 선다.

움직이지 않는다.

그녀는 침대 머리맡 탁자 옆에 서 있다. 하얀색 알약으로 가득 채워진 뜯지 않은 작은 유리병 하나를 손에 쥔다. 유리병을 살 피며, 병에 붙은 라벨을 읽는다.

사이렌 소리가 호텔 앞 도로 위로 질풍같이 지나간다, 사이렌 소리는 언제나 강 쪽으로 향한다.

그녀는 병을 내려놓고, 자기 앞에 있는 남자를 오랫동안 바라 본다. 더는 보지 않으려고 손으로 자기 얼굴을 가린다.

그가 그녀를 본다. 그는 그녀를 향해 사과의 제스처를 취하지 만, 무엇이건 말로는 하지 못한다. 역시나 아연실색한 목소리로 그녀가 묻는다.

— 뭘 의미하는 거죠……?

그가 제스처를 취한다, 아무것도, 아무것도 아니라는 제스처를.

그녀는 소리 없이 그에게 다가가, 아주 가까이서 그의 얼굴을 만진다, 그녀가 말한다.

— 나는 당신을 알아요, 당신은 그렇게 하지 않을 거예요.

사이렌 소리가, 다시, 강 쪽으로 향한다.

소리가 그친다.

그녀가 차분히 말한다.

— 아이들은 로비에 있어요.

또다시, 사이렌 소리가, 강 쪽으로 향한다.

*

아이들.

아이들이 일어나, 그가 오는 것을 바라본다. 검은 옷을 입은 아이들의 얼굴이 창백하다. 아이들은 움직임 없이, 그를 응시한다, 그만을.

1미터 간격으로 나란히 서서, 기다리고 있는 아이들은, 비극에 대한 이야기를 들은 참이다, 내막은 알지 못한다.

그가 멈춰 선다. 아이들을 바라본다.

아이들 한 명, 한 명을 번갈아가며, 바라본다. 아이들을 떼어놨다, 다시 모아놓는다. 가까이 가지는 않는다.

그와 아이들 사이에는 발코니 출입구 때문에 생긴 사각형 빛이 놓여 있다. 아무도 그 빛을 넘지 않는다. 아이들 눈에는 그어떤 두려움도 없다. 오로지, 알고 싶어하는 갈망만 있을 뿐.

로비 어딘가에 엄마가 있다, 아이들 눈에는 엄마가 들어오지 않는다.

아이들은 아무 말이 없는 이 남자를 보고 있다. 아이들이 기다린다.

그가 말한다.

　　— 내가 돌아가는 일은 없을 거란다.

남자의 말이 침묵 속에서 받아들여진다. 아이들의 시선에는 변화가 없다. 갈망도 여전하다.

— 절대로요?

특징이 없고 기계적인 목소리다.

— 절대로.

어른 목소리에 아이의 것과 같은 담담함이 묻어 있다.

여자가 남자를 아이들에게서 떼어놓는 사각형 빛을 가로질러, 바깥 공기를 쐬기 위해, 발코니로 뛰어가다, 문에 부딪힌다, 문을 마주한 채로, 그대로 있다가, 두 손으로 얼굴을 감춘다.

아이들에게는 그녀가 보이지 않는다. 아이들 눈에는 오로지 남자만 보인다.

— 왜요?

목소리가 맑고, 여전히 담담하다, 그 어떤 꾸밈도 없다.

— 더는 너희들을 품을 수 없으니까.

갈망은 여전하다, 갈망은 끝이 없다. 알고자 하는 한없는 갈망으로 입이 반쯤 벌어진다. 그 어떤 고통의 기색도 없다. 또다른 아이의 목소리.

— 왜요?

— 더이상 아무것도 바라지 않으니까.

여자가 움직인다, 문을 통과해, 발코니에서 돌아온다. 숨이 막힌 듯 둔탁한 비명을 지른다.

얼굴들의 긴장이 여전하다. 갈망도 그러하다.

경보 사이렌이 도시 전체에 울려퍼진다.

여자가 뛰면서, 소리친다.

— 도대체 이게 뭔가요? 여기서 나는 소린가요?

남자도 아이들도 그녀에게 대답하지 않는다.

사이렌 소리가 갑자기 잦아든다. 그친다.

역시나 맑은 목소리로, 한 아이가 겉보기에는 관련없는 일들을 연결지어 말한다.

— 위에 계실 때 경찰이 왔었어요.

다른 아이가 남자를 쳐다보며 팔을 들어 강 쪽을 가리킨다.

— 화재, 화재 때문이었어요.

엄마의, 고립된 외침. 떠나야 한다고 그녀가 소리친다.

— 여기서 떠나자.

격렬한 사이렌 소리와 여자의 고함소리가 들리는 가운데 아이들이 침착하게 말한다.

— 아빠와 함께 있던 사람을 찾는다고 했어요.

— 달아난 어떤 여자를, 두려워하고 있었어요.

여자가 소리친다.

— 이곳에서 떠나자, 더는 여기에 머물 수가 없구나.

아이들에게는 여자의 말이 들리지 않는다.

그녀가 아이들 쪽으로 다가간다.

— 자, 가자, 떠나자.

그녀가 오더니, 아이들을 힘껏 밀친다. 남자아이가 넘어진다. 그녀는 남자아이를 부축해, 일으켜세우고선, 민다, 여자아이를 붙잡아, 그 아이도 밀친다, 민다, 자기 앞으로 몰고 간다, 다시 모으지는 못한다, 민다, 앞으로 움직이게 한다, 고함을 친다, 사이렌 소리와 더불어 아우성을 친다.

— 움직여, 안 그러면 사람을 부를 거야.

아이들은 움직이고 싶어하지 않는다, 그들은 꼼짝 않고, 계속 그를 바라본다.

그녀가 겁을 먹고, 외친다.

— 두렵구나, 제발 가자.

갈망은 처음처럼 채워지지 않은 그대로다. 아이들은 여전히 기다린다. 갈망은 응답받지 못한 채로 남을 것이다.

그녀가 등을 떠민다, 앞으로 가게 만든다, 민다, 로비 문 쪽으로 있는 힘껏 민다.

문.

문에 이르렀다.

여전히, 문. 문이 덜커덕댄다. 누군가 호텔 안뜰에서 걷고 있다.

발코니 문 너머, 모래를, 바다를. 오랫동안. 이윽고 그가 나간다.

열기 속에서, 그녀가 담에 기대어 있다, 두 눈을 거의 감은 채로. 그녀의 얼굴 위로 눈물이 흐른다. 그녀는 여행자의 존재를 알아차리지 못한다.

그가 그녀 옆에 앉았을 때에야 그를 본다.

그는 입을 다물고 있다. 그녀가 말한다.

— 아 돌아왔군요.

바다가 멀리 반쯤 치켜진 눈꺼풀 너머에 있다. 눈물이 앞을 가려, 저쪽의, 도시가, 보이지 않는다. 새들은 더이상 없다. 그녀의 두 눈에서 눈물이 흐른다. 그녀가 말한다.

— 한 여자가 아이들과 함께 왔었어요.

그가 알고 있다는 제스처를 취한다. 그녀는 눈물 너머로 그를 본다. 꺾이지 않는 열기 속에서 그는 한기를 느끼는 듯하다. 그는 아무것도 보고 있지 않다, 모래 외에는.

— 그들은 다시 떠났어요.

— 그래요.

멀리, 바다 위로, 곳곳이 어둡다. 하늘이 흐려진다. 이윽고 그

어두운 곳들 아래로 비가 내린다. 그녀가 그 광경을 바라본다.
운다.

　　— 당신에게도 이제 더는 아무것도 남아 있지 않네요.

　그는 그녀에게 대꾸하지 않는다.

　그녀가 운다.

　고르게, 멈추지 않고 두 눈에서 눈물이 흐른다.

　바다 위로 거대한 빛의 사각형이 그려진다.

　그들에게는 그것이 보이지 않는다.

　그는 자기 옆의 모래를 보고 있다. 모래 위에 놓인 그녀의 손
이 검게 더럽혀져 있다. 그가 말한다.

　　— 손이 더러워졌네요.

　그녀가 손을 들어, 살피고는, 도로 내려놓는다.

　　— 화재 때문이에요.

　　— 당신을 찾는 사람들이 있었어요.

　그는 모래를 쥔다.

　모래를 만진다.

　바다 위로 거대한 흰빛의 사각형이 그려진다.

　그녀가 손을 내민다.

― 저기, 빛이에요.

그는 듣지 못한다. 그가 묻는다.

― 왜 우나요?

― 모든 것 때문이에요.

모래가 환해지는 것이, 그의 눈에 들어온다. 그는 고개를 들어, 바다 위로 비치는 빛을 본다.

모래로 다시 시선을 돌린다.

― 화재 때문에 우는 건가요?

― 아니요, 모든 것 때문이에요.

그는 여전히 움직이지도, 보지도 않는다, 특별히 그의 눈에 들어오는 것도 없다. 바다 위로, 거대한 빛의 사각형이 그려진다. 그녀가 그것을 가리킨다.

― 저기에, 빛이 있어요.

그는 모래에 사로잡혀 있다.

그녀는 빛 너머에 노출된 하늘을 가리킨다.

그가 반복해서 말한다.

― 경찰이 당신을 찾고 있습니다.

멀리, 사이렌 소리.

— 알고 있어요.

— 그들은 당신을 죽일 겁니다.

— 나는 죽을 수 없어요.

— 그렇지요.

이윽고 그녀는 해변을 가리킨다. 그러고는 햇볕 아래, 폭격당한 카지노의 기둥들과 가까운, 해변의 한 장소를.

— 일전에 저곳에 죽은 개 한 마리가 있었어요. (그녀가 여행자 쪽으로 고개를 돌린다) 파도에 쓸려갔지요, 폭풍우가 몰아치는 동안에요.

그녀는 가리키던 손을 거두고, 모든 것에서 멀어져, 죽은 개 속으로 들어간다.

오랫동안 그곳에 머문다, 빛이 사그라져, 사라질 동안. 그가 말한다.

— 그 죽은 개를 본 적이 있습니다.

— 당신도 봤을 거라 생각했어요.

비 때문에 빛의 사각형이 사라졌다.

또다른 폭풍우가 몰아치고 있다.

바다 도처에, 볕 사이사이로 비의 장막이 드리워진다.

그는 이제 비의 장막을 바라보고 있다.

비. 비는 오늘 에스탈라에 다다르지 못할 것이다. 비의 체취만이 그곳에 이르리라, 불과, 바람의 냄새만이.

그녀는 더이상 울지 않는다. 그녀가 말한다, 했던 말을 또 한다.

— 우린 이제 떠나도 돼요. (그녀가 덧붙인다) 당신에게도

더는 아무것도 남아 있지 않네요.

— 그래도 되지요. (그가 덧붙인다) 더는 아무것도요.

*

그녀는 이제 담에 기대어 있지 않다. 강 쪽으로 출발한 그녀.

밤. 밤이다.

판자 길 위에 주민들이 있다. 그들은 아주 천천히 걷고 있다. 낮은 목소리로 근래 에스탈라에서 들려오는 비명소리에 대해, 되풀이되는 화재에 대해 말하고 있다.

여행자가 일어선다.

걷는다.

그의 발걸음은 매우 느리고, 무겁다.

그가 걷는다. 에돈다. 해변을 따라 걷는다. 폐쇄된 선착장을 따라. 강을 따라. 강을 지나, 방향을 튼다. 만조다. 배들이 에스탈라를 떠났다. 멀리, 버림받은 바빌론.

섬에는 화재의 흔적이, 불탄 나무들이, 검게 그을린 돌들이 있다.

그들은 돌계단의 마지막 층계 위에 있다, 평상시 그녀가 머무는 곳에. 그들은 얼싸안은 채로 자고 있다. 깊이 잠들어 있다.

그가 그들 옆에 앉는다. 그도 잠이 든다.

날이 밝자 그가 깬다, 그만 홀로 남아 있다. 그들은 그들의 노역을 향해, 에스탈라의 모래사장을 포위하려는, 그들 여정의 목적을 향해 이미 떠났다.

저녁. 황금빛.

그녀가 판자 길 위에서 그를 기다린다, 호텔을 마주하고, 에스탈라 쪽으로 향한 채. 그가 그녀 쪽으로 간다. 그녀가 말한다.

— 여행 때문에 당신을 만나러 왔어요.

그녀는 호텔과 정원 너머, 이어지는 공간과, 겹겹의 시간을 바라본다. 그녀가 덧붙인다.

— 당신도 알다시피, 에스탈라로 가는 여행이요.

겹겹의 시간을 향해 있는 그녀의 얼굴이 그에게 잘 보이지 않는다.

— 젊었을 때 이후로 단 한 번도 돌아간 적이 없었어요.

말이 잠시 중단되었다가, 마무리된다.

— 잊고 있었어요.

그녀는 더이상 에스탈라를 보지 않는다. 그녀가 그에게 미소 짓는다. 여행자가 묻는다.

— 그는 뭐라고 합니까?
— 이 여행이 필요하다고요. (그녀가 덧붙인다) 이유는 말하지 않고요.

시원한 산들바람이 바다에서 불어온다, 아주 부드러운, 해초와 비 냄새를 머금은.

　— 전에는, 모래의 고장이었어요.

그가 말한다.

　— 바람의.

그녀가 따라 말한다.

　— 바람의, 맞아요.

그녀는 판자 길 위에 서 있다. 그녀는 더이상 보지 않는다. 아무것도 보지 않는다. 그녀는 시간을 마주한 채, 똑바로 서 있다. 그가 말한다.

　— 강이 넓군요, 바다 너머, 들판도 그런가요?

그녀가 미소 짓는다.

　— 네. (그녀가 덧붙인다) 여름휴가를 가기 위해 기차로 횡단하곤 했어요.

그녀가 되뇐다.

　— 여름.

그들은 침묵한다. 그녀가 그를 바라본다. 그가 말한다.

― 당신이 원할 때 갈 겁니다.

그녀가 판자 길을 떠난다. 시원한 산들바람이, 해변으로, 계속 불어온다, 청명한 하늘 밑이 어둑해진다.

사흘. 황금빛.

빛과 더불어 늘고, 줄어드는 끊임없는 침식 외에는, 아무 일도 일어나지 않는 사흘.

태양이 에스탈라 위로 작열한다. 바람. 바람이 휘몰아치는 가운데, 황금빛이 내리쬐고 있다. 소금과 요오드가 뒤섞인 냄새, 물에서 나는 자극적인 냄새.

구름 한 점 없는 하늘 아래서, 바다가 요동친다, 모래가 일어나, 쓸려가며, 울부짖고, 바다 갈매기들이 바람을 가르며, 느리게 날고 있다.

담 쪽으로는 인적이 없고, 광장은 환하다.

이후로 바람이 잦아들고, 모래가, 다시, 잠잠해진다. 바다는 고요해지고, 뜨거운 태양 아래서 전반적인 부패가 계속해서 진행된다. 위로, 하늘에서는, 다시, 비의 군함들이 느리게 움직이며 모험을 감행하고 있다.

사흘.

이윽고 그녀가 온다.

그녀는 가뿐히, 판자 길에 다다른다, 겹겹의 에스탈라를 가로지를 마지막 여행에 동행하기 위해 자기를 기다리고 있는 여행자에게 다가간다.

*

에스탈라.

그들은 걷고 있다. 그들은 에스탈라를 걷고 있다. 그녀는 똑바로 걷는다, 시간을 마주한 채, 담벼락 사이로. 여행자가 말한다.

— 열여덟 살. (그가 덧붙인다) 당신의 나이였지요.

그녀는 눈을 들어, 석회로 덮인 현재의 풍경을 바라본다. 그녀가 말한다.

— 더는 모르겠어요.

길이 평평하고, 돌아다니기에 험하지 않고, 단조롭다. 이따금 그녀는 읊조리고, 호명한다.

— 에스탈라, 나의 에스탈라.

그러고는 땅바닥을 본다.

— 몰라보겠어요.

천천히, 그들이 걷는 동안, 에스탈라가, 별장들이, 정원들이 모습을 드러낸다.

길이 구부러진다.

길을 따라 돈 후에 그녀가 주저하다가, 걸음을 멈춘다.

그녀는 바라본다. 그들 앞의 회색 집을, 흰 겉창들이 달린 회색의 사각형 건물을, 에스탈라의 현기증 나는 한복판에서 혼미해진 채.

집을 둘러싼 정원에는, 여전히 푸르른 풀이, 무성하게 자라, 회색 덧문에까지 타고 오르기도, 담을 넘어가 있기도 하다. 그녀가 둘러보며, 말한다.

— 돌아올 필요가 없었어요.

그녀는 다시 걷기 시작한다.

먼지가 일도록, 그녀가 에스탈라의 길바닥을 헤집는다, 그녀가 걸으면서 말한다.

— 다른 곳들이네요.

그들은 앞으로 나아간다.

정원들이 그리 크지 않다, 별장들의 담이, 붙어 있다.

그들은 걷는다.

여행자도 이제는 땅바닥을, 흰 재를 보고 있다. 그가 말한다.

— 개인 소지품과 함께 당신의 모든 것이 몰수당했었죠.

— 언제요? (그녀가 걸음을 늦췄다)

— 당신이 처음 병에 걸렸을 때. (그가 덧붙인다) 무도회 일이
있고 나서.

그녀는 바로 대꾸하지 않는다, 그녀가 미소를 짓는다.

— 그럴 줄 알았어요.

그들은 걷는다. 그녀는 다시 땅바닥을 본다. 흰옷을 입은 그녀의 머리가 단정하다. 섬에서 오늘 아침에, 그가 그녀의 채비를 도왔다, 그녀를 씻기고, 그녀의 머리를 빗겨주었다. 그녀는 아가씨들이 가지고 다니는 작은 손가방을 들고 있다, 역시나 흰, 에스탈라 여행을 위한 가방을. 그녀가 가방을 잡아 열고, 거울을 꺼낸다. 멈춰 서서, 거울을 본 후에, 다시 발걸음을 옮긴다. 그녀가 거울을 내밀며, 여행자에게 보여준다.

— 떠나기 전에 그가 이걸 내게 줬어요.

그녀가 다시 가방을 열어, 도로 거울을 넣어놓는다. 여행자가 지켜본다. 가방은 비어 있다, 거울뿐이다. 가방을 닫으며, 그녀가 말한다.

— 무도회.

— 네. (그가 주저한다) 당신은 그때, 사랑에 빠져 있었지요, 아마.

그녀가 고개를 돌려, 그에게 미소 짓는다.

— 그래요. 이후에…… (그녀는 또다시 땅바닥을 응시하며, 순수

한 시간으로 돌아간다) 이후에 나는 한 음악가와 결혼했어요, 아이도 둘 낳았고요. (그녀가 말을 멈춘다) 그들이 그 아이들도 데리고 가버렸어요.

그녀가 몸을 돌려, 그에게 설명한다.

— 그러니까, 두번째 발병 후에요.

— 그렇게들 말하던가요?

— 아이들이 생각나곤 했어요. (그녀가 덧붙인다) 그리고 그 사람도.

여행자가 멈춰 선다. 그녀도 멈춰 선다. 그는 말을 꺼내는 것이 어렵다, 그녀는 그걸 알아차리지 못한다.

— 그는, 지금 어디에 있습니까?

이제까지와 다를 바 없이, 그녀가 말한다.

— 죽었어요, 그는 죽었어요.

에스탈라 위로 바닷바람이 불어온다. 여행자는 더이상 움직이지 않은 채, 바람 속에 머문다. 그녀는 그의 옆에 있다. 그가 느끼는 현기증에 대해 그녀는 아무것도 눈치채지 못한다. 바람을 느끼는 게 좋을 뿐이다. 그녀가 말한다.

— 에스탈라의 바람은, 한결같아요.

그가 그녀를 바라본다.

그녀 앞에 멈춰선 채 그녀를 보고 있다.

그녀는 그 시선에서 어떤 격렬함을 봤음이 틀림없다. 그녀가 이 격렬함의 행선지를 찾다, 놀라서, 묻는다.

— 무슨 일이죠?

— 당신을 보고 있는 중입니다.

그녀가 말한다, 묻는다.

— 여행은 없는 거죠, 그렇죠?

— 네. 우리는 에스탈라에 갇혀 있습니다. (그가 덧붙인다)
나는 당신을 보고 있고요.

그녀는 순순히, 그에게 다가간다. 그가 그녀를 끌어안는다. 그녀는 그러도록 놔둔다. 그가 그녀를 놓아준다, 그녀는 그러도록 놔둔다.

그들은 걷는다, 다시 걷기 시작한다.

정원이, 뜰이 시야에서 사라졌다.

오르막길이다.

바다가, 모래사장이 멀어진다. 그녀는 돌아서서, 그것들을 바라본다.

그가 읊조린다.

《늘어선 포플러나무들이 기차 뒤로 쓰러졌네. 그는 그녀를 바라보았네.》

그녀가 웃음 지으며, 걷는다.

그가 읊조린다.

《벌판, 들, 황금빛 나무들의 호리호리한 성채.》

《그는 그녀를 바라보았네.》

그녀가 다시 웃는다. 앞으로 나아간다.

그들이 걸어간다.

변화가 일어난다. 길이 넓어진다. 광장이 나타난다. 바닷바람이 조금씩 누그러진다.

그녀가 다시 둘러보기 시작한다.

그들이 멈춰 선다. 단번에 큰 변화가 일어난다. 바람이 세차진다. 햇볕이 더 강해진다.

돌에서 열기가 발산된다.

놀라는 기색이 거의 없이, 그녀는 백색의 자기 고향을 향해 미소 짓는다, 그녀가 말한다.

— 에스탈라는 여름인가보죠?

그들은 다시 출발한다.

텅 빈 광장을 가로지른다.

그녀는 더 천천히 걷는다, 벌써부터 피곤을 느낀다.

열기가 달아오른다.

태양도, 서서히 모습을 드러낸다.

그들은 광장을 통과했다. 그들이 광장을 떠나자마자, 서로에게 무관심한 에스탈라 주민들이, 심상하게, 시내에서, 구멍에서, 돌에서 갑자기 나타난다.

그들은 주민들을 뒤따른다.

그녀는 에스탈라 주민들을, 그들의 저택을, 곁에 있는 여행자와, 멀리 있는 바다를, 여기, 그들이 지나가고 있는 중인 건물의 박공 위, 《～정부》라는 문구에 들어가 있는 에스탈라라는 단어를, 그리고 뚜렷이 대비되는, 저기, 아주 멀리, 하얗게 분출하듯 날고 있는 바다 갈매기들과 모래사장을 한결같이 주의 깊게 바라본다.

동시에 그녀는 열기를, 설명할 길 없이 내리쬐는 이 햇볕을 감내한다.

그들은 여전히 주민들을 뒤따른다.

그녀는 점점 더 천천히 걷는다.

그들이 주민들을 추월한다, 그들에게서 멀어진다.

그녀가 멈춰 선다.

아주 길고, 곧은 대로다.

특별할 것 없는 광장을 통과하자마자, 갑작스레, 그들은,아주 길고, 곧은 대로에 있게 된 것이다.

그녀는 걸음을 떼지 않는다.

갑자기 얼굴을 찌푸린 채, 의심의 눈초리로 대로를 살피기 시작한다.

태양이 작열한다. 그녀의 두 눈이 고통을 느낀다, 그녀는 그렇게 살펴보도록 강요받은 사람 같다.

그녀가 재차 출발한다.

그녀는 다시 더는 아무것도 보지 않는다.

그들은 걷기 시작한다.

길이 길고, 곧다. 끝이 보이지 않는다.

그녀는 눈을 반쯤 감은 채 걷는다, 그렇게 빛이 그녀에게 야기하는 고통을 피한다. 그녀는 그에게 말을 걸지 않는다. 걷기만 한다.

도처에, 흰 담벼락이, 에스탈라가 펼쳐져 있다. 대로에 가로수가 없다.

오직 그만이, 여행자만이 봤다. 그들 앞쪽, 대로 끝에서, 어두운 옷을 입은 그가, 가벼운 발걸음으로, 걷고 있는 것을. 그들은 에스탈라의 모래사장에서 출발한 이래로 의식하지 못한 채 그를 쫓고 있다.

흰 담벼락이 울린다, 걸어가는 양옆으로 그 수가 점점 더 늘어난다.

그녀는 더운 것 같다, 손으로 얼굴을 훔친다, 그녀가 걸음을 늦추다가, 원래대로 움직인다. 그들은 아주 느리게 앞으로 나아간다.

담벼락의 수가 늘어나면서, 교차하며, 이어지기를 반복한다, 담벼락이 관자놀이에서 울리고, 눈에 극심한 고통을 안긴다. 계속해서 그 어떤 그늘도 나타나지 않는다.

앞쪽, 대로 끝 흰 담벼락에는 여전히, 검은 실루엣이.

그녀에게는 아직 그 실루엣이 보이지 않는다.

그녀는 앞으로 나아간다.

멈춰 선다.

그녀가, 멈춰 선다. 땅바닥을 보고 있던 그녀는, 갑자기, 알게 된다. 에스탈라의 심장부와 바다 사이의 거리를 어린 시절의 경험에 기대어 기억하고 있었다는 것을. 눈을 치뜨며, 그녀가 말한다.

— 보세요, 그들이 저걸 세웠어요.

그건 규정하기 어려운 형태의, 백묵처럼 희고, 큰 건물로 보인다. 출입구가 많은데, 모두 닫혀 있다. 나무 겉창들은 벽에

못질이 되어 있다.

  ― 전에는 광장이었지요.

그녀는 멈춰 서 있다. 그녀가 반복해 말한다.

  ― 광장이었지요, 저 건물을 세우는 바람에 지금은 자취를
    감춰버렸지만.

그녀가 고개를 돌려 그를 본다, 그 역시 멈춰 서서, 기다리고
있다. 그녀가 곧장 말한다.

  ― 나는 자야 해요.

즉시 그녀가 다시 출발한다. 여행자가 그녀를 붙잡는다. 그가
말한다.

  ― 나도 기억이 납니다.

그들은 바라본다. 건물이 한자리에서 그 자신의 형태로, 크기
로, 보존되어 있는 것을. 못들이 단단히 박혀 있는 것을.

이번엔 여행자가 말한다.

  ― 광장이었지요. (그가 이어 말한다) 담으로 둘러싸인, 보잘
    것없는 외양의 광장이었는데, 담에 문이 하나 나 있었
    지요.

그들이 서로를 바라본다. 그들에게 서로가 보인다.

　— 아 그랬던 것 같네요. (그녀가 속삭이듯 호응했다)

번개같이, 두 눈이 감겼다, 떠진다, 시선이 되살아난다. 그녀는 기다린다, 더이상 그를 보지 않는다, 땅바닥을 응시한다, 그는 말을 잇지 않는다. 그녀는 다시 발걸음을 뗀다.

그녀가 갑자기 빠르게 걷는다.

바다. 그녀는 바다를 마주하고 있다.

건물을 지나면, 바로 바다다.

바다가, 아주 가까이에 있었다. 에스탈라의 심장부가 바다를 향해 있다.

대로가 끝난다. 이제 그들 앞으로 걷는 사람이 아무도 없다.

판자 길이 하나 나 있다. 그들이 그 길을 가로지른다. 담이 없는 해변이, 바다와, 모래사장, 바닷물이 눈앞에 펼쳐진다.

그들 왼쪽으로, 에스탈라의 거대한 심장부 전체가 들어서 있다. 그 중앙 정면이 해변을 내려다보고 있다.

그녀가 모래 위로 쓰러져, 길게 눕는다, 더이상 움직이지 않는다.

　　　　　　　　　*

　에스탈라의 모래사장.

　그는 그녀 곁에 앉아 있다. 그가 그녀의 이마에 흐르는 땀을 천천히, 닦아준다, 이 행동으로 그녀의 두 눈이 감긴다. 그녀는 여태 쥐고 있던 가방을 놓는다. 그녀가 말한다.

　　─ 소음이 들려요.

　그는 계속 땀을 닦아준다.

　　─ 그만 자요.

　　─ 그럴게요.

　그녀가 모래 쪽으로 고개를 돌린다, 귀기울인다, 말한다.

　　─ 오늘 저녁에는, 여기서 들려오네요.

　그녀가 해변의, 모래의 내부를 가리킨다. 그가 말한다.

　　─ 나에게도 들립니다.

　　─ 아……

　그녀가 아주 나직이 묻는다.

　　─ 그들은 죽었나요?

　　─ 아니요.

— 어떻게 지내나요?

— 쉬고 있습니다. (그가 덧붙인다) 아무것도 하지 않거나요.

그녀가 중얼거린다.

— 아 네…… 그렇군요……

그가 그녀 옆에 누워, 한 손에 머리를 괴고, 그녀를 바라본다. 그는 이렇게 가까이에서 그녀를 본 적이 한 번도 없었다. 이토록 강렬한 빛 속에서 본 적도 없었다. 그녀는 계속 소음에 귀기울이고 있다. 그녀가 두 눈을 감는다, 감고 싶어한다, 그러고 싶어 애쓰느라 그녀의 눈꺼풀이 가볍게 떨린다.

— 나에게 자라고 말해줘요.

그는 그녀에게 그렇게 말한다.

— 그만 자요.

— 그럴게요. (음색에 희망이 깃들어 있다)

그녀가 모래를 만진다. 그가 말한다.

— 이렇게 해변으로 돌아왔네요. 눈 좀 붙여요.

— 네.

그는 이마 훔치는 걸 멈추고, 태양으로부터 보호하기 위해 그녀의 눈 위에 손을 얹는다.

— 자요.

그녀는 더이상 대답하지 않는다.

그는 기다린다.

그녀는 더이상 움직이지 않는다. 그가 손을 치운다. 두 눈이 감겨 있다. 다시 마주한 빛 아래서 눈꺼풀이 살짝 떨리고 있지만 더는 눈이 떠지지 않는다.

그녀는 잠들었다.

그가 모래를 집어, 그녀의 몸 위로 뿌린다. 그녀가 숨을 쉴 때마다, 모래가 움직인다, 모래가 그녀에게서 흘러내린다. 모래를 다시 집어, 뿌린다. 모래가 다시 흘러내린다. 또 집어서, 또 뿌린다. 그가 멈춘다.

— 사랑.

두 눈이 떠진다, 아무것도 알아보지 못한 채로, 물끄러미 바라본다, 그러고는 다시 눈이 감긴다, 어둠으로 돌아간다.

*

그는 더이상 여기에 없다. 그녀는 태양 아래 홀로 모래에 누워, 썩어가고 있다, 상상 속에서 죽은 개가 되어. 그녀의 한쪽 손이 흰 가방 옆에 묻혀 있다.

*

건물 출입구에는 아무도 없다. 떠들썩한 소리가 들린다. 그리고 더 멀찍이, 복도 끝에서, 피로 물든 축제 음악이 들리고, 멀리서, 아주 멀리서 에스탈라의 찬가가 들려온다.

희미한 빛.

출입구를 지나면, 아주 긴 복도가 나온다.

여행자가 그 복도를 따라 앞으로 나아간다, 깊숙이 들어간다. 복도 끝에서 한 남자가 다가온다. 그는 제복을 입고 있다.

— 뭘 찾으시죠?

그들은 마주서 있다. 여행자가 그를 바라본다.

— 제가 도와드려도 될까요?

그들은 둘 다 어슴푸레한 빛 속에 있다. 여행자가 이상할 정도로, 굉장히 주의 깊게 그를 바라본다.

마침내 여행자가 말한다.

— 여기 오래 계셨습니까?

— 17년 있었습니다. (그는 기다린다) 왜 그러시죠?

여행자가 세심하게 그의 얼굴을 살핀다. 이미 지쳐 있는 맑은 눈, 관자놀이 가까이 회색 머리. 관찰당하던 남자가 참지 못하고 짜증을 낸다.

— 누굴 찾으시는 겁니까? (그는 기다린다, 목소리가 더 퉁명스러워진다) 원하시는 게 뭐죠?

— 둘러보는 중입니다.

여행자는 움직이지 않는다, 그의 얼굴에서 두 눈을 떼지 않은 채. 남자는 어찌해볼 도리가 없다는 듯한 제스처를 취한다. 여행자가 묻는다.

— 얼마나 계셨다고요?

— 17년이요.

복도 끝을 바라보다, 여행자에게 갑작스레 질문이 떠오른다.

— 무도회장은, 저쪽에 있습니까?

— 여러 개가 있었는데요. (그가 덧붙인다) 어떤 걸 말씀하시는 거죠?

여행자가 복도 끝에 있는 문을 가리킨다.

— 저기요.

남자가 말한다.

— 이제 무도회는 열리지 않습니다.

남자는 여행자의 눈에서 뭔가 맹렬한 것을 봤음이 틀림없다. 그가 말한다.

— 원하신다면 보여드리지요.

— 고맙습니다.

— 따라오십시오.

남자가 여행자를 앞서간다, 문을 열고, 들어간다, 문은 열어둔다. 여행자가 들어간다.

— 여깁니다. (그가 덧붙인다) 추억이 있으신가보네요……

뿌연, 거울이 있다. 안락의자가 밝은색 벽을 따라, 거울을 마주한 채 정렬해 있다. 화분 받침대들이 비어 있다.

여행자가 무대 중앙으로 나아간다. 멈춰 서, 주위를 둘러본다. 연단, 뚜껑이 닫힌 피아노, 벽가에 말려 있는 양탄자. 무대 둘레에, 빈 테이블.

그는 인정한다.

— 여기서들 춤을 추곤 했지요.

여행자가 돌아선다. 남자가 어슴푸레한 빛 속에서 미소를 짓고 있다, 그가 무대를 가리키며, 묻는다.

— 불을 켜드릴까요?

— 아니요.

햇빛이, 두툼한 커튼 사이로 새어든다.

여행자가 닫혀 있는 문 쪽으로 간다. 커튼을 들춘다. 못으로 고정된 덧문 너머, 테라스, 해변, 잠들어 있는 그녀.

여행자는 문을 열어보려고 애쓴다. 열리지 않는다. 그는 계속 문을 여는 데 열중한다.

— 저기요, 그 문은 열쇠로 잠겨 있어요.

남자가 소리치며, 여행자 옆으로 온다.

— 문이 잠겨 있는 걸 뻔히 알면서, 왜 그러고 계시는 겁니까?

여행자가 문손잡이를 놓고는, 그대로 있는다.

— 저는 열쇠를 갖고 있지 않습니다. (목소리가 다시 진정된다) 저희에게는 문을 열어드릴 권한이 없어요.

여행자는 다시 한번 커튼을 들춘다. 테라스, 해변, 그녀.

여행자가 남자 쪽으로 몸을 돌려 묻는다.

— 그녀를 알아보시겠습니까?

남자가 가까이 와서, 본다.

— 잠들어 있는 여자분 말인가요? (그가 그녀를 가리킨다) 저
기 저 여자분?

— 네.

그는 주의를 기울이는 척하며 본다.

— 여기서는 (그가 뜸을 들인다) 죄송합니다. (그는 단호하다)
못 알아보겠네요.

여행자가 손을 놓자 커튼이 다시 늘어진다. 남자가 말한다.

— 유감입니다.

여행자가 남자에게 다가가, 간청한다.

— 그녀를 기억해내주십시오.

남자가 시간을 두고, 묻는다.

— 왜지요?

여행자는 대답하지 않는다. 남자가 묻는다.

— 여자분 성함이 어떻게 되나요?

여행자가 대답한다.

— 더는 아무것도 모릅니다.

남자가 어떤 이름을 말한다.

여행자가 아주 귀기울여 듣는다. 남자가 묻는다.

　— 맞습니까?

여행자는 대답하지 않는다. 그가 다시 간청한다.

　— 이름을 한번 더 말씀해주시겠습니까?

　— 어떤?

　— 당신이 방금 말한 이름. (그가 말을 멈춘다) 부탁합니다.

남자가 조금 물러난다, 그는 분명하고, 완벽하게, 그가 막 지어냈던 이름을 반복해서 말한다.

여행자가 문 쪽으로 가더니, 문을 통과하길 바라는 듯이 두 팔을 내민다, 그러다 단념하고, 굽혀진 팔에 얼굴을 파묻는다. 흐느낀다.

남자가 그를 바라본다, 시간이 흐르게 둔다, 그러고는 그에게 다가간다. 목소리가 침착하다.

　— 나가서, 그녀를 다시 만나보시지요.

여행자가 자세를 바로 한다, 두 팔이 떨궈진다.

남자는 여전히 한 순간이 지나가기를 기다린다, 이윽고 그는 여행자의 팔을 잡고 문으로 안내한다. 남자가 말한다.

　— 이제 떠나셔야 합니다, 처리해야 할 업무가 남아서요.

그들은 나간다. 남자가 열쇠로 문을 잠근다. 복도 끝에서 다시 음악이 들려왔다.

남자는 여행자와 출입구까지 동행하고서 그와 헤어진다.

여행자가 출입구를 나선다.

＊

그녀는 계속 누워 있다, 내리쬐는 햇볕 아래서, 눈을 뜬 채로.
그녀는 여행자가 오는 걸 보고 있다. 그녀의 시선은 그녀의 목
소리처럼 부드럽다.

— 아, 돌아왔군요.

저기, 바닷가에서, 또다른 남자가 다시, 걷고 있다. 보이는 모
든 곳에서, 살아 있는 건 그뿐이다. 여행자가 말한다.

— 당신이 잠들어 있는 동안 산책을 했습니다.

— 아. (그녀가 그를 응시한다) 나는 당신이 되돌아갔다고 생
   각했어요.

그녀는 저기 지독한 햇볕 아래, 텅 빈 해변에서 걷고 있는 남
자를 가리킨다.

— 난 저 사람과 다시 떠날 수도 있었을 거예요. (그녀가 말을
   잇는다) 경찰에게 연행됐든가.

여행자가 그녀 가까이에 앉는다. 그녀가 갑자기 그를 부르며,
그의 팔에 손을 갖다댄다, 그녀는 여행자가 자신을 바라봐주
기를 원한다.

— 어디에 있었나요? (그녀가 말을 잇는다) 어디에서 산책을
했나요?

— 당신은 잠이 들었었고, 그렇게 두고 싶었습니다.

— 아니에요.

그는 왔다, 갔다 한다, 일정한 보폭으로, 불가해한 기다림 가
운데, 저기, 인적 없는 모래사장에서. 여행자가 그를 바라본다,
그만을 본다. 그녀가 말한다.

— 울려던 것이었죠. 묻기 위해서이기도 했고.

예리한 시선이, 쉴새없이, 그를 꿰뚫는다. 여행자는, 그가 조
용히 걷고 있는 것을 계속 주시하고 있다.

— 담벼락 사이에서 그 광장을 찾아다녔습니다.

그녀가 대꾸를 하는데, 다시 말을 꺼내는 데 시간이 걸린다.

— 찾았나요? (목소리가 나지막하다)

— 네, 문도 그대로더군요. (그가 덧붙인다) 우리가 따로 나
섰던.

그들은 침묵한다.

그들은 오랫동안 저기, 바닷가에서 벌어지는 일을 지켜본다.

보행의 움직임이 변한다. 돌아오지 않고 그가 계속 걷는다.

그녀가 그걸 알아차렸다. 그녀는 그가 멀어지는 걸 바라본다.
여행자가 말한다.

— 그는 지키고 있습니다, 우리를 지키고 있어요.

— 아니에요. (그녀가 덧붙인다) 전혀요.

도시 위쪽으로 비스듬히 돌더니, 그가 건물 뒤로 사라진다.
여행자가 대뜸 묻는다.

— 뭐죠? (여행자가 다시 묻는다) 그가 뭘 하고 있는 거죠?

그녀가 여행자 쪽으로 고개를 돌린다.

— 내가 당신에게 그렇게 말했나요?

— 그가 바다를 지킨다고? 그가 우리를 지키고, 우리를 원
  래대로 되돌려놓는다고?

— 그렇지 않아요.

열기가, 햇볕이 사그라든다.

그녀는 회복됐다고 느낀다. 그녀가 일어나 앉는다. 바람이 불
어왔다, 물러간다. 뒤쪽 끝없이 펼쳐진 검은 공간에서 침식이
다시 진행된다. 여행자가 또 묻는다.

— 그는 조수의 움직임을, 빛의 움직임을 지킵니까.

— 아니요.

— 물의 움직임. 바람. 모래를.

— 아니요.

— 잠을?

— 아니요. (그녀가 주저한다) 전혀요.

여행자는 입을 다문다.

그녀가 여행자 쪽으로 고개를 돌리며, 말한다.

— 더는 아무 말도 하지 않는군요.

그녀는 기억해낸다.

— 맞아요. (그녀가 말을 멈춘다, 목소리가 다시 부드러워진다)
　당신은 아무것도 아니에요.

하늘이 어두워진다. 간조의 바다가 다시 잠잠해진다, 물이
빠지면서 검은 진흙밭이 드러난다. 멀리, 육식동물이, 바다 갈
매기들이 있다.

그녀는 눈에 띄지 않는 길을 따라, 앞으로, 나아간다.

— 저녁인가요?

— 그런 것 같습니다.

그녀가 갑자기, 확신에 찬 채로, 부드럽게 말한다.

— 나는 더이상 이 도시를, 에스탈라를 모르겠어요, 한 번도

이곳에 다시 와본 적이 없었어요.

말이 울려퍼지다가, 사라진다.

그들은 해변을 지켜본다.

이제, 밤이 오려 한다.

그는 다시 나타나지 않는다. 여행자가 묻는다.

　　— 돌아오지 않는군요, 그가 다시 올까요?

　　— 네. (그녀가 덧붙인다) 이따금 자기 생각보다 앞서 나갈

　　　때가 있긴 하지만 언제나 돌아와요. 오늘밤에 돌아올

　　　거예요.

바다 위로 바람이 분다.

밤이 되자 그가 다시 나타난다.

그는 그들에게 가지 않고, 에스탈라 시내 쪽으로 다시 올라간
다, 그리고 이번에는 이 겹겹의 도시 속으로 자취를 감춘다.
그녀가 반복해서 말한다.

　　— 오늘밤에 돌아올 거예요. (그녀가 덧붙인다) 그는 오늘밤

　　　에스탈라의 심장부에 불을 지르고 말 거예요.

해변. 밤.

여행자는 모래 위에 누워 있다. 그녀도 그의 곁에 누워 있다.

그들은 말없이 기다린다.

에스탈라의 침묵이 오늘밤, 소리를 낸다. 울부짖고, 삐거덕거린다, 그들은 침묵에 귀기울인다, 침묵의 가장 내밀한 변화를 뒤쫓는다.

그녀가 말한다.

— 옆에서, 말소리가 들려오네요.

가까이, 모래사장에서 들려오는 목소리들. 그가 말한다.

— 연인들이군요.

사랑의 신음소리가 그들에게 들린다, 쾌락의 처절한 신음소리가. 그녀가 말한다.

— 더는 아무것도 보이지 않아요.

멀리, 첫번째 검은 연기. 그가 말한다.

— 나는 보입니다.

첫번째 검은 연기가 에스탈라의 맑은 하늘로 치솟는다.

그녀가 두 팔을 벌려 절망 어린 애정의 제스처를 취하며, 말한다, 속삭인다.

　— 에스탈라, 나의 에스탈라.

그녀는 그에게로 돌아누워, 자기 얼굴을 숨긴다.

그가 그녀의 머리를 두 팔로 감싸, 자기 가슴에 안는다.

그녀는 그대로 있다.

첫번째 사이렌 소리가 에스탈라를 가로지른다.

그녀는 듣지 못한다.

불이 거세진다, 번진다.

검은 연기 사이로 첫번째 불길이 솟아오른다, 하늘이 붉어진다.

요란하게 울려퍼지는, 에스탈라의 모든 사이렌 소리.

그녀가 일어난다. 그를, 본다, 사이렌 소리를 듣는다, 붉어진 하늘을 본다, 그녀는 자기가 어디에 있는지 모른다. 그가 말한다.

　— 방이 더워, 해변으로 내려온 참입니다.

기억이 난다, 그녀가 다시 눈을 감는다.

　— 맞아요……

그녀는 여행자의 팔에 도로 안기어, 그의 가슴에 기댄다.

*

누군가 불더미에서 나와 해변을 가로지른다.

그의 뒤에서, 에스탈라가 불타고 있다.

그가 돌아온다. 오고 있다.

그가 여기에 있다.

그들로부터 몇 미터 떨어진 곳에 앉아, 하늘을, 바다를 바라본다.

에스탈라 전역에, 무기력하게 울려퍼지는, 공포의 사이렌 소리.

그가 하늘을, 바다를 바라본다.

그러고는 여행자의 두 팔에 안겨 잠든 그녀를.

목소리가 들린다.

　　― 잠들었네요.

여행자가 잠들어 있는 얼굴을 살피며, 말한다.

　　― 눈을 뜨고 있는 것 같습니다.

목소리가 들린다.

　　― 이제 동이 트는군요.

바다 표면이 장밋빛으로 환해진다. 위로, 하늘은 엷어진다.

목소리가 들린다.

　－ 햇빛 때문에 눈을 뜬 겁니다, 모르셨습니까?

　－ 네, 몰랐습니다.

여행자는 지켜본다. 눈이, 정말로, 점점 떠지는 것을, 눈꺼풀이 떼어지는 것을, 그리고 감지할 수 없을 만큼 느리게, 몸 전체가, 두 눈을 뒤따라, 움직이며, 해가 떠오르는 쪽으로 향하는 것을.

　빛을 마주한 채로, 그렇게 있다.

여행자가 묻는다.

　－ 볼 수 있는 걸까요?

목소리가 들린다.

　－ 아무것도, 그녀는 아무것도 보지 못합니다.

에스탈라의 어둠 속에서, 사이렌 소리가 맴돈다. 물이 빠지면서, 해변도 하늘처럼 엷어진다.

　목소리가 들린다.

　－ 해가 다 뜰 때까지 그 상태로 있을 겁니다.

그들은 침묵한다. 감지할 수 없을 만큼 느리게 빛이 증가한다. 모래와 바닷물로 그렇게 나뉜다.

　해가 떠올라, 광대해진 모래사장을 비춘다.

하늘과 바다에 이어 이젠, 화염이, 수그러든다.

여행자가 묻는다.

— 이곳에 해가 들면 무슨 일이 생길까요?

목소리가 들린다.

— 잠시 그녀는 눈이 멀게 될 겁니다. 그러고는 다시 내가
보일 테고요. 모래를 바다와, 바다를 빛과, 이윽고 자기
몸을 내 몸과 구별할 겁니다. 그다음에는 어둠에서 한
기를 떼어내 나에게 줄 겁니다. 뒤이어 그녀에게만 들
릴 테지요?…… 신의?…… 소리가?……

그들은 말없이, 날이 밝아오는 걸 지켜본다.

옮긴이의 말

장승리

네 망각의 기억 속에 새는 죽게 마련이다[*]

— 포루그 파로흐자드

망각이 — 또는 망각의 끝없는 반향이 — 만물 위에 군림하듯,

길, 부재하는 길은, 우리의 고독 위에 군림한다.[**]

— 에드몽 자베스

광기의 시인이라 불려도 무색하지 않을 소설가들이 있다. 버지니아 울프, 클라리시 리스펙토르, 윌리엄 포크너…… 누구보다 마르그리트 뒤라스가 그렇다. 『사랑』은 특히나 시적인, 시 같은이라는 수식어가 필요 없는, 한 편의 긴 시로 읽힌다. 사실 이 말은 처음 『사랑』을 일독한 후 편집자가 역자에게 전한 소감이었다. 이견을 달기 어려운 반가운 말이 아닐 수 없었다. 이 자리를 빌려 권현승 편집자에게 각별한 감사를 전한다. 『롤 베 스타인의 환희』 『사랑』 〈갠지스강의 여인〉[***]과 더불어 글쓰기를 시작했다는 느낌이 든다는[****] 고백을 했을 정도로 뒤라스에게

---

[*] 포루그 파로흐자드, 『바람이 우리를 데려다 주리라』, 신양섭 옮김, 문학의숲, 2012, 84쪽.
[**] 에드몽 자베스, 『질문의 책』, 이주환 옮김, 한길사, 2022, 232쪽.
[***] 『롤 베 스타인의 환희』에서 『사랑』이, 『사랑』에서 〈갠지스강의 여인〉이 탄생되었기에, 이 세 작품은 불가분의 관계에 있다.
[****] 마르그리트 뒤라스·미셸 포르트, 『뒤라스의 그곳들』, 백선희 옮김, 뮤진트리, 2023, 108쪽.

무척 중요한 작품이었던 『사랑』에 매혹된 또다른 한 사람이 이 책의 편집자라는 것은 역자에게 정말 큰 행운이 아닐 수 없었다. 이는 역자의 행운으로만 끝나지 않으리라.

매혹, 그렇다. 뒤라스의 다른 소설들과 마찬가지로 『사랑』은 이해보다는 매혹의 대상이리라. 뒤라스는 『물질적 삶』에서 다음과 같이 말했다. "내 책은 어렵다. 알고 싶은가? 그렇다. 어렵다. 그리고 쉽다. 『연인』은 아주 어렵다. 『죽음의 병』은 어렵다. 아주 어렵다. 『대서양의 남자』는 아주 어렵다. 하지만 너무 아름다워서 어렵지 않다. 설사 이해하지 못해도, 그렇다. 어차피 그 책들을 이해할 수는 없다. 이해한다는 말은 적합하지 않다. 책과 독자의 사적인 관계다. 함께 슬퍼하고 운다."* 이렇게 그녀의 텍스트와 독자 사이에는, 문장 자체의 단순한 독해를 넘어서는, 거의 사랑하는 관계 같은 공감대가 요구된다,** 텍스트를 읽는 행위 자체가 사랑으로 수렴되는.

뒤라스의 광기를 신뢰한다. 그녀의 표현을 빌리자면 그녀가

* 마르그리트 뒤라스, 『물질적 삶』, 윤진 옮김, 민음사, 2019, 134쪽.
** 마르그리트 뒤라스·레오폴디나 팔로타 델라 토레, 『뒤라스의 말』, 장소미 옮김, 마음산책, 2021, 116쪽.

붙들려 있는, 일종의 원초적 무질서 속 체험의 덩어리*를.『물질적 삶』의 소제목에서도 덩어리라는 단어를 만날 수 있는데, '검은 덩어리'**라는 제목의 이 챕터에서 뒤라스는,『사랑』을 집필하게 만들었던『롤 베 스타인의 환희』의 주인공 롤 베 스타인을 미친 여인이라고, 나의 미친 여인***이라고 부르며, 롤 베 스타인의 광기에 대해 다음과 같이 밝힌다. "에스탈라의 무도회에서 스타인은 자기 약혼자와 검은 옷을 입은 알 수 없는 여인이 함께 있는 모습에 정신을 빼앗겼고, 고통받는 일조차 잊었다. 그녀는 약혼자가 자기를 잊는 것에, 배반하는 것에 고통을 느끼지 않았다. 그리고 그렇게 고통을 억눌렀기 때문에 미친다. 다르게 말할 수도 있으리라. 그러니까, 그녀는 약혼자가 다른 여자에게 가버리리라는 사실을 알았고, 자기에게 불리한 그 결정에 온전히 동조했고, 그래서 광기에 빠진다. 그것은 망각이다. 물이 얼 때 비슷한 현상이 일어난다. 물은 0도에서 얼지만, 때로 기온이 충분히 낮아도 대기 흐름이 정지 상태에 가까울 때면 물은 어는 것을 잊는다. 물이 영하 5도까지 내려간다. 그때 언다."****

* 마르그리트 뒤라스·미셸 포르트(2023), 앞의 책, 123–124쪽.
** 동일한 표현이『사랑』에도 나온다.
*** 마르그리트 뒤라스, 앞의 책, 41쪽.
**** 위의 책, 39쪽.

바람이 에스탈라 위로 홀연히 지나가는 동안(35쪽), 에스탈라에 당도하기 위해 에스탈라에서 에스탈라로 무한 배회하는 이들의 발걸음을 뒤따르는 『사랑』을 읽어내려가는 데 있어, 상기한 뒤라스의 언급은 매우 소중하다. 『롤 베 스타인의 환희』에 이어 에스탈라라는 지명이 『사랑』에 다시 등장하는 것을 위시해, 망각*과 에스탈라를 연결 지어 생각해볼 수 있는 단서를 『사랑』 곳곳에서 발견할 수 있기 때문이고, 뒤라스가 직접 광기를 이 망각과 결부시켰기 때문이다. 넓은 의미에서 광기는 어떤 특별한 누군가만의 문제가 아니리라. 망각으로, 망각의 기억으로 세워진 에스탈라와 무관한 이가 있을까. 이 세상에 던져져 겪게 되는 초과된 고통으로 우리는 모두 자신만의 신경증을 지니고 있다. 증상 없는 인간은 없는 것이다. 하지만 아이러니하게도 각자의 광기를 목발 삼아 우리는 걷고 또 걷는다.**

　　한편, 『사랑』은 좀처럼 아귀를 맞출 수 없는 비개연의 장이기도 하다. 인간 존재는 그저 단절된 충동들의 한 묶음일 뿐이

---

* 뒤라스가 한 다음의 말도 함께 되새길 만하다. "망각과 구멍이야말로 진정한 기억이죠." 마르그리트 뒤라스·레오폴디나 팔로타 델라 토레(2021), 앞의 책, 87쪽.

** "물론 그녀는 신경증을 앓았다. 그건 굳이 말할 필요도 없는 사실이다. 놀랍게도, 그녀가 계속 나아갈 수 있도록 만들어준 것, 적어도 목발이 되어준 것이 바로 그 신경증이었다." 클라리시 리스펙토르, 『별의 시간』, 민승남 옮김, 을유문화사, 2023, 57쪽.

고, 문학은 그 상태 그대로를 복원해야 한다는[*] 뒤라스의 말이 그래서 더 의미심장하게 들린다. 『사랑』을 읽으면서 우리는 의아함과 당혹스러움으로, 무지의 감각으로 얼떨떨해지는 순간들을 경험하게 되는데, 이는 실은 우리가 자신과의 대면에서, 삶에서 겪게 되는 일인 것이다. 오직 결여와, 연속되는 의미들 속에 숭숭 뚫린 구멍들과, 빈 공간에서만, 무언가가 생겨날 수 있다고[**] 했던 뒤라스의 소설에서 매끈한 서사 내지는 잘 짜인 줄거리를 기대할 수는 없다. 뒤라스는 이런 자신의 작품을 중단하지 말고 읽으라고, 건너뛰더라도, 기분에 따라 건너뛰더라도 멈추지 말고 끝까지 읽으라고 요청하며 이렇게 말한다. "내 책은 발자크의 책들 같은 전통적인 소설의 선형성에서 벗어난 열린 책, 요컨대 막 창조되려고 부단히 움직이는 세계를 겨냥한 미완성의 책이거든요."[***] 『사랑』과 관련해 고정된 관점이란 있을 수 없는 이유도 같은 맥락에서 헤아려볼 수 있으리라. 어쩌면 『사랑』을 읽는 일은 무지에서 더한 무지로의 끝없는 여정이 될지도 모를 일이다. 하지만 어떤 무지는 무한을 수용하는 한 방식이 된다. 그렇게 무한을 향해 우리를 열리게 한다.

[*] 마르그리트 뒤라스·레오폴디나 팔로타 델라 토레(2021), 앞의 책, 122쪽.
[**] 위의 책, 84쪽.
[***] 위의 책, 116쪽.

이런 무지를 얻기 위해 들이는 시간과 수고는 전혀 아깝지 않다.

뒤라스는 자신이 잘하는 한 가지로 바다를 바라보는 것*을 꼽았다. 바다를 바라보는 건 모든 것을 바라보는 것**이라고도 했다. "왜 우나요?"라고 묻는 여행자에게 "모든 것 때문이에요"(108쪽)라고 답하는 『사랑』속 여자가, 바다를 향해 있는 뒤라스와 오버랩된다. 『사랑』에서 바다는 공간적 배경 이상의 의미를 갖고 있다. 언제고 『사랑』을 펼치는 일은, 다시, 바다 앞에 서는 일이 될 터이다, 파도를 열고 들어가 닫히지 않는 문이 되어버린 슬픔 앞에, 우리를 응시하고 있는 어떤 '뒤'의 앞에, 무엇보다 속절없는 아름다움 앞에. 모든 것에서 멀어져, 파도에 쓸려간 죽은 개 속으로 들어가, 오랫동안 그곳에 머무는(109쪽) 여자와 우리가 오버랩된다.

『사랑』에는 사랑을 뜻하는 단어 'amour'가 딱 한 번 등장한다. "그녀는 잠들었다. / 그가 모래를 집어, 그녀의 몸 위로 뿌린다. 그녀가 숨을 쉴 때마다, 모래가 움직인다, 모래가 그녀에게서 흘러내린다. 모래를 다시 집어, 뿌린다. 모래가 다시 흘러내린

---

* 마르그리트 뒤라스(2019), 앞의 책, 13쪽.
** 마르그리트 뒤라스·미셸 포르트(2023), 앞의 책, 104쪽.

다. 또 집어서, 또 뿌린다. 그가 멈춘다. / ─ 사랑(Amour)."(130쪽)
우리는 우리의 고독 위에 군림하는 길, 부재하는 길에 갇힌 채
(121쪽) 공허를 사랑하고, 공허에게 사랑받고 싶어한다. 이 갈망
은 응답받지 못한 채로 남을 것이다(105쪽). 그리고 이것이 우리
를 계속 걷게 할 것이다, 죽음이 무용해질 때까지(86쪽), 어쩌면
죽음 너머까지.

끝으로, 편집 단계에서, 1994년 정우사에서 출간된 이용숙
번역의 『사랑』과 2013년 OPEN LETTER에서 출간된 Kazim
Ali와 Libby Murphy 영역의 『L'Amour』를 참고했음을 밝힌다.

사랑

초판 1쇄 인쇄 2024년 5월 30일
초판 1쇄 발행 2024년 6월 5일

지은이 마르그리트 뒤라스
옮긴이 장승리
펴낸이 김민정
책임편집 권현승
편집 유성원 김동휘
디자인 김정민
저작권 박지영 형소진 최은진 서연주 오서영
마케팅 정민호 박치우 한민아 이민경 박진희 정유선 황승현
브랜딩 함유지 함근아 고보미 박민재 김희숙 박다솔 조다현 정승민 배진성
제작 강신은 김동욱 이순호
제작처 영신사

펴낸곳 (주)난다
출판등록 2016년 8월 25일 제406-2016-000108호
주소 10881 경기도 파주시 회동길 210
전자우편 nandatoogo@gmail.com 인스타그램 @nandaisart @mohobook
문의전화 031-955-8853(편집) 031-955-2689 (마케팅) 031-955-8855(팩스)

ISBN 979-11-91859-95-9 03860